講談社文庫

屋烏《おくう》

乙川優三郎

講談社

目次

屋鳥

禿松

一

垣根越しに枝を伸ばした隣家の山桜が、赤茶色の新葉をつけている。北向きで日当たりが悪いせいか、枝はどれも細く、疎《まば》らに咲いた薄紅の花も賞《め》でるほどの華やかさはない。微《かす》かな風もないのにときおり花弁を散らす姿を、縁先から智之助《とものすけ》が眺めていると、背後から近付いてくるとせの気配がした。

「おまえさま、そろそろ支度をなさいませんと……」

「うむ」

智之助は小さくうなずいてから、その前に熱い茶を一杯くれぬかと言った。それより早く着替えてくださいと言うかわりに、とせが眉間《みけん》に皺《しわ》を寄せて引き返してゆくのが分かったが、背を丸めて黙っていた。

とせに愛想がないのはいまにはじまったことではなく、新妻のときから無駄言は言わず滅多に笑わぬ女だった。よく見ると優しい顔立ちであるのに、表情が険しく、何をしても気丈な印象を与えた。父母が健在だったころには智之助もそれとなく注意したが、夫婦二人きりの暮らしになってからは、そういう気性なのだと諦《あきら》め、我慢がならぬほどのものでもないので放ってきた。才媛に多少の勝気はつきものだろうし、何よりとせの言う通りにしていれば世間との付き合いがうまくゆくのもありがたかった。

とせの実父は青木半左衛門《あおきはんざえもん》といって、いまも御使番《おつかいばん》を務める上士である。上士の家から三十石の奥田《おくだ》家にとせが嫁いできたのは十年前のことで、病弱なうえに婚期を逸してもいたが、迎える奥田家は羨望《せんぼう》の的であった。何となれば困窮したときにはなにがしかの援助が期待できるうえに、出世の道も開けるだろうというのが世間の見方だった。

だが実情はまったく違っていた。とせは表向きには青木家の長女であったが、兄妹の中でただひとり母の違う娘でもあった。つまりは半左衛門が婢《はしため》に生ませた子である。そのことは縁談が九分九厘整ってから蛇足として奥田家にも伝えられ、同時に金銭的な援助も前もって断わられたのである。

とせには齢《よわい》や健康のほかにそうした負い目もあったが、上士の家に生まれ育ったことには変わりなく、茶の湯や琴といった嗜《たしな》みはもちろん、家政のこつも十分すぎるほど心得ていた。結果として、それが身の負い目を隠す唯一の蓑《みの》となり、ひいては隙を見せぬための無愛想となったのかも知れない。

「梅干しを入れてございます、少しはお目が覚めるように……」

じきに茶を運んできたとせへ、

「そうしてくれればと思っていたところだ」

智之助は言って、酸《す》い香りのする茶をすすった。

「矢部《やべ》さまへのご進物ですが、柄樽《えだる》ではよそさまと重なるでしょうから、帷子《かたびら》用の越後上布《えちごじょうふ》にいたしました、きっとお気に召してくださると思います」

「うむ、それでよいが、かかりのほうは大丈夫か」

「そのようなお気遣いは一家の主がなさることではございません」

「主といっても、米櫃《こめびつ》の底が見えるような家だからな」

「底を突いたことがございますでしょうか」

売り言葉に買い言葉のように言ってから、とせはいくらか後悔したのか、声音を落として言った。

「それより、御使番の大橋新蔵《おおはししんぞう》さまもお見えになられるでしょうが、努めてお近付きにはなられぬほうがよろしいかと存じます」

「それはまたなぜだ」

「実家《さと》の父がそう申しておりました、詳しいわけは存じませんが……」

「青木の父上が？」

智之助は呟《つぶや》いて、眼を伏せているとせをちらりと見た。青木半左衛門は御使番の中では最も高齢だが、豊富な経験から上使を務めることが多い。一方、若い新蔵は事あるごとに江戸と国許を往き来し、あるいは領内の代官所を回り目付のようなこともしている。要するに同じ御使番でも格が違うのだが、智之助から見れば見上げる存在であることに変わりはない。同席する機会など滅多にないのだから、世辞のひとつも言って、よい心証を与えておくのが世渡りだろうと思いながら、

「分かった、そうしよう」

と智之助は言った。義父がわざわざ忠告するからにはそれだけのわけがあるのだろうと思ったが、まさか未だにあのことを案じているのだろうかとも思った。

二

かれこれ十二年になるだろうか、当時は普請方《ふしんかた》の割役《わりやく》だった矢部庄太夫《しょうだゆう》の長女・初《はつ》が婚期を迎えて間もなく、奥田家との縁談が整い、智之助の許嫁《いいなずけ》となった時期があった。五つ年下の初とは同じ組屋敷で育ち、その成長振りをつぶさに見てきた智之助にとって、初との縁談は願ってもないことだった。初は清楚で見目もよく、胸や尻が膨らみはじめたころから、

智之助は密かにその胸に抱くことを夢見ていたと言ってよい。そして幸運にも夢は叶い、あとは祝言《しゅうげん》の日を待つばかりとなったのである。

ところが、祝言まであと二月というときになって、待ち切れなくなった智之助が初に手を付けたことから、矢部庄太夫が激怒し、祝言はにわかに危うくなってしまった。手を付けたといっても、厩《うまや》で初の口を吸い、二の腕をまさぐっただけだが、運の悪いことに現場をほかでもない庄太夫に見られてしまい、弁解のしようもないありさまだった。しかもそのとき庄太夫はひとりではなかった。

選《よ》りに選って、普請方では最も口喧《くちやかま》しいことで知られる上役を連れていたのである。面目を失い、逆上した庄太夫は初を殴りつけたが、痛みをこらえたのはむしろ智之助のほうであった。むろん、それだけでは庄太夫の怒りは治まらず、智之助の父母や仲人の取り成しもはねつけ、縁談はそれから間もなく破談となってしまった。そうすることで庄太夫はどうにか面目を保ったが、智之助は誰よりも望んでいた縁談を一時の欲情でふいにしたばかりか、父母の顔を潰し、世間の失笑を買う破目になったのである。あとになりいっそのこと一夜を契《ちぎ》っていたら破談にはならなかっただろうとも思ったが、果たして初がそこまで許したかどうかは分からない。

ただ初も智之助に好意を寄せていたことはたしかで、破談となってすぐに自害を試みたほどである。庄太夫への抗議の意味もあるにはあったが、智之助との末を失ったことに心底絶望したのだった。幸い一命は取り留めたものの、快復に手間取り、嫁入り前の体には深い傷痕を残したという。そのことを聞いたとき、それまで大損をしたと思っていた智之助の悔恨は初への哀憐《あいれん》に変わった。そこまで初が自分のことを想っていてくれたのかと思うと、寒気がするほど哀れでならなかった。

「恥知らずが罪なことをしおって……」

「なぜ待てなかったのでしょう、あと二月の辛抱ではありませんか」

父や母に言われるまでもなく、智之助は自分で自分が厭《いや》になった。

その後、初がどうにか生きる気力を取り戻してくれたのは幸いだった。あるいは死線をさまよい、暗黒の淵瀬《ふちせ》を見てきたことで、それまでの一切を忘れることができたのかも知れない。が、以来、そのことは智之助にとって生涯の負い目となったのである。

翌年、初は縁あって大橋新蔵へ嫁し、二年後、智之助はとせを娶《めと》った。初にとっても大橋家は身分違いの上士であったが、新蔵が次男ということで話がまとまったらしい。新蔵は利発で、当時は長兄の補佐役として働いていたが、初と結婚して半年もすると長兄が病没し、幸か不幸か大橋家の当主となった。

ともあれ、そうして互いに終生の伴侶は得たものの、厩でのことは生涯忘れられぬのではないかと智之助は思っている。いまでは初と結ばれていたらと思うことも少なくなったが、あのとき震えながらも応えてきた初の唇はつい昨日のことのように覚えている。

それから数年後、矢部庄太夫は大橋家の力添えもあって普請奉行となり、いまでは智之助の上役である。初とのことがあるから智之助がよく見られぬのは当然だが、意外にも庄太夫は差別なく接してくれている。というのも義子となった大橋新蔵がいたくお気に入りで、はっきりとは言わぬまでも智之助の短慮のお蔭《かげ》でよりよい縁を得たということらしい。智之助は会ったことはないが、聞くところでは大橋新蔵は見目も堂々としているうえにかなりの切れ者だという。

その新蔵と、智之助はこれから訪ねる矢部家で会うかも知れなかった。矢部庄太夫の末子で初の末弟にあたる半之丞《はんのじょう》が元服するにつき、その祝いがある。智之助は進物を届けて早々に退散するつもりだが、庄太夫に酒をすすめられれば無下に断わることもできぬだろう。そこに大橋新蔵がいることは間違いなく、つまりは初とも十二年振りに顔を合わせることになるかも知れなかった。

義父の忠告は、そのとき新蔵と自分が何かのきっかけで揉《も》めるのではないかと危惧《きぐ》してのことだろうと智之助は思った。青木半左衛門はそうしたことに気の回る男だし、ほかに思い当たる節もない。だが正直なところ、智之助は新蔵よりもむしろ初に会ったときのことのほうが気掛かりだった。

(初に会ったら何と言おう……)

これまで幾度か城下で見かけたことはあるが、間近に顔を見、言葉を交わしたことは一度もない。遠目に見る初はいまも清楚な匂いに包まれ、二人の子を産んだとは思えぬ華奢《きやしや》な体付きをしている。そう見えるのはむかしの思い出のせいかも知れぬが、いざ会うときのことを考えると、いまでも胸の高鳴りを抑えるのはむつかしかった。

「案ずるな、早々に辞去してまいる」

智之助は言い置いて、とせから受け取った上布を小脇に抱えた。

「ついでに墓参りでもしてこよう」

「墓参でしたら、わたくしも参りとうございますが……」

とせが言ったが、いや、気が向いたらの話だ、と智之助は言葉を濁した。

墓参はその場の思い付きで、前々から考えていたわけではない。が、早世した父母を思い出したのは、あるいは初のことを考えていたせいかも知れなかった。とせには隠してきたが、父母も心から初を嫁にと望んでいたのである。とりわけ母の思いは強く、とせを迎えてからも何かと初と比較し、こっそり智之助に不満をもらすことがあった。それだけとせも要らぬ苦労をしたはずだった。

「では、行ってくる」

黙り込んだとせへ言って、智之助は玄関を出た。組屋敷の広場へ出ると、元服吉《げんぷくよし》にふさわしく、空は晴れ渡り、どこからか雲雀《ひばり》のさえずりが聞こえてきた。陽は柔らかく、家々の南側では草木もゆったりと息づいている。

木戸を抜けて矢部家のある高取町《たかとりちょう》へ向かいながら、智之助は風がなくてよかったと思った。ここ五、六年の間にめっきり髪が薄くなり、短く結った髷《まげ》はかろうじて体裁を保っている。風が強いとその髷が乱れて禿《は》げた松のようになるからで、できれば初にだけはそんな姿を見せたくはなかった。人によっては露骨に笑い出す者もいるし、わけもなく軽んじたりもする。こちらがとうに諦めているから喧嘩《けんか》にもならないが、笑われて傷付かぬわけではない。

初にしろ、かつての許嫁が髪が薄くなったことくらいは聞いているだろうが、智之助の中では、やはりほかの女子《おなご》と違い、少しでもよく見せたいという気持ちが働いている。そのせいか、家から離れるにつれ、智之助の心はますます初へ傾いていった。

三

「それで、初どのとは言葉を交わしたのか」

朋輩の小出重太《こいでしげた》がじっと見つめるのへ、智之助は小刻みに首を振った。

「入れ違いだったらしい、宴も終わっていた」

「それは惜しいことをしたな」

重太は智之助へ銚子《ちょうし》を向けて、ともかく一杯やれとすすめた。早目に進物を届けた重太は宴に呼ばれ、大橋新蔵とも会い、初の酌《しゃく》で酒を飲んできていた。智之助が矢部家へ向かう途中で出会ったときには半刻ほど相伴《しょうばん》してきたあとで、立売町《たちうりちょう》で飲み直そうと言った。

「折り入って話したいことがあるんだ、枡屋《ますや》で待っているからな」

強引な誘い方で、智之助は曖昧《あいまい》に答えておいたが、矢部家へ着いてみると、上がれとも言われず、仕方なく進物を渡して重太の跡を追ってきたところだった。

「それより話というのは何だ、つまらんことなら、わしは帰るぞ」

智之助は盃《さかずき》を干すと、重太が手をつけずにいた漬物をぽりぽりと齧《かじ》った。初に会えなかったこともあるが、重太が、初は相変わらず美しかったとか、新蔵とことのほか円満な家庭を築いているとか言ったことも、不機嫌に追い討ちをかけていた。初の不幸を望んでいたわけではないが、少しは自分と結ばれていたほうが幸せだったと思っていてくれるのではないかと密かに期待していたのである。

手酌で酒を注いでいると、

「上のほうのごたごたは聞いているな」

重太はいったん店の中を見回してから、智之助の前へ顔を突き出した。

「つまりは、多田《ただ》さまと小堀《こぼり》さまの確執だが……」

「それがどうかしたのか」

智之助も声を低くした。まだ日が高いせいもあり、枡屋の中は閑散としていたが、却《かえ》って話が筒抜けになる恐れがある。

返答を待っていると、

「いよいよ来るところまで来た」

重太はさらに声をひそめて言った。一瞬、智之助はまたその話かと、近ごろよく耳にする噂《うわさ》話を連想したが、しかしそれから重太がはじめた話は意外にも重大なことだった。

この数年の間に、藩の財政は急速に逼迫《ひっぱく》してきた。原因は筆頭家老・多田忠右衛門《ちゅうえもん》が強引にすすめてきた城の改築工事のためで、無謀ともいえる借財をし、その利息を払うだけで藩庫の金は見る見る消えていくという状態にある。

たしかに城は老朽化がすすみ修復すべき時期ではあったが、多田家老の無謀さは懐具合を考えずに城全体を美化しようとしたことにある。それを畢生《ひっせい》の大業と考えたことが、計画の変更をむつかしくし、さらには利益を産まぬ事業のために農民までも夫役《ぶやく》に駆り出す結果となった。当然のことながら穀物の生産は落ち込み、それも財政を圧迫している。

藩では領民から年貢を取れるだけ取ったうえに、家中《かちゅう》の禄米を二割方借上げて急場を凌《しの》いできたが、それももう限界と言ってよかった。それでなくとも微禄の家中にこれ以上の借上げを強いるのは無理だし、高禄の上士の間からも密かに不満の声が上がっている。そして何よりも大きな問題は、かかりを惜しみ、なおざりにしてきた農事が破綻《はたん》しかけていることだった。

むろん多田家老の横暴を許してきた他の執政にも責任の一端はあるが、多田家は代々筆頭職を務める家柄であるうえ、現藩主の信頼も厚く、おいそれと失脚を謀《はか》ることもできない。下手に動こうものなら、逆にこちらの息の根を止められてしまうだろう。

ところが、昨年の冷夏とそれに続いた豪雨による凶作が、いまになって情勢を変えつつある。これまで多田家老の言いなりだった勘定奉行・城戸理八郎《きどりはちろう》が、さすがに藩の行く末を案じ、次席家老の小堀官兵衛《かんべえ》に与《くみ》したのである。もっとも、それだけでは形勢は変わらぬも同然だが、藩主の側用人《そばようにん》・今井定前《いまいさだちか》が城戸の知己《ちき》であることが大きかった。

密かに国許の窮状を訴えた城戸に今井は即座に呼応し、多田家老排斥に向けて動き出したのである。いずれ小堀家老が上意を取り付けるにしても、用人の口添えがあれば心強いし、説得力も違う。

「要するに、早晩、多田家老は潰されるということだ」

盃を干し、にやりとした重太へ、

「なぜおぬしがそのようなことを知っている」

智之助は不審の眼を向けた。重太はむかしから藩の内情に詳しいが、それにしてもいま話したことは一介の平士が知っているはずのない内容だった。

「むろん、わしが小堀派だからだ」

と重太は案外なくらいはっきりと答えた。

「ふうん」

智之助は内心、驚きながら、重太が酒に誘ったわけが見えてきたような気がした。

「しかしわしにそんなことを話してもよいのか、わしは小堀派でも何でもないぞ」

「そのことだが……」

果たして重太は意を得たとばかりに、さっと本題に入った。

「おぬし、小堀さまにつく気はないか」

「悪い冗談だな」

智之助はきっと重太を見返した。

「小堀さまが負けたらどうなると思う、わしはこれ以上貧乏になるのは御免だ」

だが重太は智之助がそう答えるであろうことも予期していたらしく、微笑して言った。

「案ずるな、小堀さまは必ず勝つ、考えてもみろ、このまま多田さまの天下が続いて御家が持つと思うか、小堀さまが勝たなければ御家は潰れる、仮に多田さまが踏み止まったとしてもわしら下っ端はお召し放ちだろう、となれば小堀さまにつくよりほかあるまい」

たしかに状況はそうかも知れなかった。昨夏の豪雨のときに、河川が氾濫《はんらん》し、数ヵ所で堤が決壊したのも、その後の復旧に手間取ったのも、城の改築工事を優先するあまり平素の備えを怠ったせいである。豪雨の中を、智之助ら普請組は郡方《こおりかた》や百姓とともに土嚢《どのう》を運び、一方では氾濫した河川の流れを変えるために土手を切り崩した。けれども、荒れ狂う自然に対してそれは微々たる力だった。しかも補強すべきところをしていなかったために、被害は広がり、対策は後手後手に回ったのである。結果、田畑の三割近くが壊滅した。

そうした不手際は、郡方や普請方の怠慢というよりは執政の落度と言ってよかった。このままでは藩の歳入は減る一方だろうし、再び凶作に見舞われたなら、あるいは重太の言う通り、いずれ家臣の召し放ちがはじまるかも知れない。その前に一揆《いっき》が起こり、百姓に餓死する者も出るだろう。

しかしだ、と智之助は呟いた。

「なぜわしを誘う、いまさらわしひとりが小堀派へ加わったところで大勢《たいせい》は変わるまい」

「それが変わる」

と重太は智之助へ銚子を傾けて言った。

「ただし、このさきを言うからには、まこと小堀派に与してもらうぞ」

「待て、待ってくれ」

盃で銚子を押し返し、智之助はいま少し考えさせてくれと言った。重太は信用できるが、自分を小堀派へ誘う特別な理由があるはずだと思った。頭数を揃《そろ》えるにしても、雑兵《ぞうひょう》の多少で勝負が決まる戦ではない。

（ひょっとして……）

人より多少なりと優れていることで思い当たるのは剣の腕前だけだが、それを買われたのだとしたら、命懸けという事態も考えられる。

（それとも……）

智之助があれこれ考えている間に、重太は小女《こおんな》を呼んで追加の酒肴《しゅこう》を注文すると、思い出したようにひとこと付け加えた。

「事は初どのにも関りがあるんだ」

四

結局、そのひとことで智之助は覚悟を決めたも同然だった。あの初に関りがあると聞いて、何も聞かずに帰れるわけがない。そう思い、重太も初の名を出したのだろう。

「聞かせてもらおうか」

不意に鋭い視線を向けた智之助へ、重太は酒臭い顔を近付けたが、その眼差《まなざ》しは真剣そのものだった。

「近々《きんきん》、小堀さまは御上意を取り付ける、その密使が大橋さまと決まった」

「それは危ないお役目だ」

「うむ、下手をすると斬られるかも知れん」

重太の言葉は決して大袈裟《おおげさ》ではなく、まともに多田派に襲われたらまず大橋新蔵の命はないと見たほうがよい。それだけ多田派も保身に走るだろうし、ひとつ間違えば初が後家になるということだった。

「それで、御上意とは上意討ちのことか」

智之助は恐る恐る訊《たず》ねた。あるいは自分が討手を命ぜられるのではないかという最悪の事態も考えられたし、そのために小堀派へ誘われたのだとしたら、むしろ納得がゆくような気がした。風貌から人々には陰で禿松《かぶろまつ》などと呼ばれ、凡庸《ぼんよう》に見られているが、智之助は神道流の名手である。

「いや、そこまではせん」

と重太は言った。

「多田家老ら数人を隠居させるだけだ、だがこちらにその手しかないことは向こうも承知している」

言いながら、重太はさらに険しい眼差しを向けてきた。

「そこでおぬしに働いてもらいたい、と小堀さまが申されておる」

「ご家老が？」

「うむ、ありていに申せば囮役《おとりやく》だ、おぬしは大橋さまと体付きが似ているし、笠《かさ》さえ被れば見分けはつかぬ、それに何といっても腕が立つからやすやすと斬られることもない」

「…………」

「どうだ、やってくれぬか」

「おぬし、本気で言っているのか」

智之助は重太の顔をまじまじと見た。それでは大橋さまより危ないではないかと言おうとしたとき、重太がにっと笑って言った。

「ご加増、二十石、小堀さまと話はついている、こんな機会は二度とないぞ」

「断わったらどうなる」

「どうにもならん、無理強いはするなと言われておる、ただし出世は生涯なくなる」

だが重太の期待は明らかで、智之助が黙り込んでからもちらちらと顔色を見た。おそらくは智之助の返答しだいで重太の立場も変わるのだろう。

「おぬしがわしを推挙したのか」

ややあって智之助は顔を上げた。だとしたらひどい奴だと思ったが、重太は首を振り、推挙したのは奉行の矢部庄太夫だと言った。

「お頭《かしら》が？」

智之助は茫然《ぼうぜん》とした。庄太夫が小堀派であることも知らなかったが、つい先刻会ったときにも顔色ひとつ変えなかった。それどころか素っ気なく追い返したのは芝居だったのかと思った。多田派の者が祝いにかこつけて訪ねていたか、重太の跡を追わせるためか、ともかく長居をされてはまずい事情があったのだろう。

（それにしてもなぜ庄太夫が……）

智之助は首をかしげて重太を見た。

「小堀さまに囮役が勤まる者はおらぬかと訊かれて、咄嗟《とっさ》に思い付いたのだそうだ、おぬしなら引き受けてくれるのではないかと……」

「娘夫婦を守るためにか」

「そうかも知れん、だが密使に大橋さまを推挙したのもお頭だそうだ」

重太が言ったとき、小女が焼魚を運んできて二人は沈黙した。いつの間にか土間には客が増えていて、店は忙しそうだった。

「それで……」

智之助は小女が去るのを待って言った。

「大橋さまはいつ江戸へ発《た》たれる」

「この半月のうちには……」

「初どのは承知か」

「うむ、当日も鰍沢《かじかざわ》の湯元まで大橋さまに同道することになる、表向きは初どのの養生ゆえ……」

「どこか悪いのか」

「いや、それも表向きの話だ、湯元からは大橋さまおひとりが江戸へ向かう」

「囮役のことは？」

「何も知らぬ、大橋さまも知らぬはずだ、知らせて油断されても困るからな」

重太は、自分のほかに囮役の件を知っているのは小堀家老と矢部庄太夫のみであると言い、そして智之助が承知なら、日を改めてさらに詳しい手筈《てはず》を伝えると付け加えた。

（はじめから大橋さまおひとりのほうが動きやすいのではないか……）

智之助は初のことを案じたが、湯元は江戸への道筋にあり、万一多田派に気取られたとしても、そこまでは何とかなるのではないかと小堀家老らは見ているらしかった。

「青木半左衛門さまは何かご存じなのか」

「いや、知らぬはずだが、なぜだ」

「大橋さまに近付くなと言われた、ひょっとして感付いているのではないか」

「そんなはずはない、だが気を付けよう、青木さまはどちらかというと多田家老寄りだからな……」

重太は言ったが、もっともそれがお役目だから仕方がない、とすぐに補足した。

「おそらくご同役の勘だろう」

「どちらへ転んでも、義父に累《るい》が及ぶようなことにはならぬだろうな」

「そこまでは請け合えん、当然だろう」

重太に訊きたいことはそれくらいで、智之助は少し考えてから言った。

「引き受けよう、ただし加増が目当てでするのではないぞ」

五

「小出に酒を馳走《ちそう》になってきた」

と智之助は言ったが、とせはさして関心もなさそうにそうですかと応えたのみで、手際よく夫の着替えを手伝った。遅い帰宅に機嫌を損ねたものか、矢部家でのことも訊かぬので、智之助は自ら切り出した。

「大橋さまには会えなかった、わしが行ったときには宴も終わっていて、お帰りになられたあとだった」

「そうですか」

「小出とは道で出会って、久し振りに立売町へ行った、重太め、また子ができたそうだ」

「それはよろしゅうございました」

とせの口調に刺々《とげとげ》しさを感じて、智之助は慌《あわ》てて弁解した。

「いや、誤解するな、羨ましくて言ったのではない、重太も貧乏人の子沢山で苦労ばかりが増えるとこぼしておった」

それは事実で、五人目の子を宿した妻女も諸手《もろて》をあげて喜びはしなかったらしい。だがと

せにはそうは思えなかったのだろう、

「ひとりもいないのも困りものです」

と言って、深い溜息を洩らした。

「なに、焦ることはない、半之丞どのにしても、お頭が四十を過ぎてできた御子だ、そう考えればわしらはまだ若い」

智之助の慰めにも、とせはやるせない顔をした。とりわけ子宝に恵まれぬ家系でもないのに子ができないとなると、嫁が石女《うまずめ》とみられるからである。それで離縁される場合も多いし、世間にもことさら冷ややかな眼で見られる。

もっとも、この十年、智之助が離縁を口にしたことはなく、いくら自分が上士の娘とはいえ、そのことをとせは心の底ではありがたく思っているはずだった。ただそう口に出して言えぬのは、自分で自分を石女だと認める以上に夫を落胆させることが恐ろしいからだろう。姑《しゅうとめ》が生きていたら、そういう段階は通り越して離縁していたかも知れぬが、いまとなっては智之助にそのつもりはない。

とせは若いころからよく月の物が乱れることがあって、智之助はうすうす子はできぬかも知れないと思っていた。子は欲しいが、できなければそれはそれで仕方のないことだと諦めている。ただ、とせが夫婦のことをどう考えているのかが分からなかった。人並みに嫁したことを心苦しく思っているのか、夫が何も責めぬことを却って負担に感じているのか、それとも離縁を言い渡されるのを待っているような気もする。案外、とせの無愛想は夫の愛想尽かしを導くためのものかも知れない。だとしたら、そう言ってやるほうがいいのかも知れないが、本心は別のところにあるような気もするのだった。そして智之助自身は、とせのそういうところが、つまりは無器用なところがまんざら嫌いではなかった。

「そろそろ養子のことも考えたほうがいいかも知れませんね」

乱れ箱へ畳んだ着物をしまいながら呟いたとせへ、智之助は焦ることはないと繰り返した。養子をもらうことを全く考えていないわけではなかったが、とせの言い方が投げ遣りに聞こえたのでそう言った。

「青木の父も案じています」

「そのときが来たらお父上にもご相談するつもりだ、だがそれはいまではない、だいたいわしは何事も人より遅れる質《たち》だからな」

「………」

「じたばたしたところで物事はなるようにしかならんさ」

それより飯をくれんかと言って、智之助はとせを促した。枡屋で肴は摘まんでいたので腹は空いていなかったが、とせは夕餉《ゆうげ》を食べずに待っていたはずだった。智之助が廊下へ歩みかけて振り向くと、とせは黙って腰を上げた。

居間へゆき、支度のできていた膳を、温め直した味噌汁で食べ終えたときには五ツ（午後八時頃）を過ぎていただろう。智之助は茶を一服してから、重太に言われた通りに切り出した。

「今日、お頭に言われたのだが、近々汐見川《しおみがわ》の上流を視察することになった、支流まで見回るとなると半月はかかるだろうから、そのつもりでいてくれ」

「半月もですか」

とせは怪訝《けげん》そうに聞き返した。工事や災害のときはともかく、智之助が見回りで半月も家を留守にするのははじめてだった。そういうことは郡方がやっているのではないかと不審の眼を向けてきたが、何かあれば結局普請組が出てゆくこともとせは知っている。

むろん、視察は江戸行きを隠すための口実で、智之助は怪しまれぬように言い足した。

「昨年のこともあるし、梅雨入り前にやっておかんとまずいことになる、今年はわしと田村《たむら》猪兵衛《いへえ》の番だ」

「………」

「何も案ずることはない、雨季の見回りよりも遥かにたやすいからな、留守の間に実家でのんびりするのもいいかも知れぬ、お父上も喜ぶだろう」

しかし平然とした口調とは裏腹に、智之助はすでにもしものときの覚悟もし、後事のことも考えていた。おそらくとせは青木家へは戻れぬだろうから、小出重太から末期養子《まつごようし》をもらい奥田の家を継いでもらう。ただし小堀派が敗れてはそれも叶わぬだろうから、そのときはせめて暮らしが立つようにと、重太と細かな段取りをつけてきたのだった。

ただ、そうなるとあと幾日かが夫婦として暮らせる最後の日々であるかも知れず、智之助は思わずとせの顔をじっと見つめた。

「お気持ちは嬉しゅうございますが、家でお待ちいたします、留守中、何かあるといけませんから」

ととせは言った。蚊の鳴くような声で、智之助はおやと思った。思えばこの十年、とせは愛嬌こそなかったが不平を言ったこともなかった。裕福な上士の家に生まれながら、貧しい台所の遣り繰りはそつなくこなしてきたし、実家へ逃げ帰ったことも何かをせがんだこともなかった。

（それだけでも、よい妻だろう）

智之助は思ったが、そうはっきりとは言えず、かわりに明日は二人で墓参りにゆこうかと言った。墓参も最後になるかも知れないが、城下にこれといって夫婦で楽しめるような場所はないし、帰りにどこかで飯でも食おうという意味である。とせに何か買ってやるのもいいし、二人でぶらぶらと歩くのもいいだろうと思った。非番は残り二日だった。

「宮下町にできた翁屋《おきなや》という蕎麦屋《そばや》がたいした評判らしい、帰りに寄ってみよう」

とせは黙ってうなずき、智之助はようやく長い一日が終わったような気がした。

だが、それから小半刻《こはんとき》もして床に就いた智之助の脳裡《のうり》に浮かんできたのは、とせのことでも蕎麦のことでもなく、初のことだった。

（あの初が……）

いくらお役目とはいえ、大橋新蔵の出府をよく承知したものだと思う。今度のことについては事前に矢部庄太夫から話があったはずだが、いつもの使番とでも聞かされているのだろうか。それとも初は何もかも承知のうえで湯元まで同道すると言い出したのではないかという気もした。だとしたら逆に庄太夫の裏をかき、新蔵とともに江戸までゆく覚悟でいるとも考えられる。新蔵も初の深情《しんじょう》に負けたのかも知れない。

（むかしのままの初なら……）

あるいはと思っていたとき、

「おまえさま」

ととせが声をかけてよこした。

「どうした、眠れぬのか」

見ると、とせは暗闇の中でうなずいたようだった。こちらを向いて見開いた眼が濡れたように輝いていい、一瞬、泣いているのかと思ったが、そうではないらしく、とせは智之助をじっと見つめていた。

「大橋さまのことですが、青木の父が近付かぬように申したというのは、わたくしの嘘でございます、どうかお許しください」

「初さまへの嫉妬からそう申しました」

 はっとすると同時に、智之助は夫婦の寝間で初のことを考えていたことがやましく思われ、さようか、と優しい声で言った。

「それより、眠れぬようならこちらへ来ぬか、少し話したいことがあるんだ」

智之助が言うと、とせは素直に従った。

六

汐見川が最も太い支流と出合うところで田村猪兵衛と別れ、久賀《くが》村から山路へ入ると、麓《ふもと》を埋めていた松の木は徐々に減り、斜面は低木の楮《こうぞ》に被われる。その分、日差しがよく届くせいか、道は思ったよりも明るく、智之助の体は旅装の下で汗ばんでいた。

あれからおよそ十日の間、智之助は重太と頻繁に接触した。同役であるから城の詰所でも組屋敷でも会えたが、敢えて密談は下城の道で済ませた。奉行の矢部庄太夫にも呼ばれて小堀家老の言伝《ことづて》を聞いたが、そちらのほうは智之助にはどうでもいいような激励の言葉だった。結局、小堀家老とは一度も会わぬまま、智之助は昨日になって矢部庄太夫から厳重に封をした密書を手渡されたのだった。

「頼むぞ」

とそのとき庄大夫は言った。

「密書はどちらが届けてもよい、もしもさきに江戸に着いたなら、御用人の今井さまに対面し、直々に手渡すのだ、よいな」

いかなる用向きにしろ、多田派は出府する藩士を厳しく監視していたから、智之助はいったん汐見川を上ると見せて、途中の久賀村から山路を抜けて鰍沢へ出なければならなかった。回り道をする分だけ大橋夫妻よりも道を急がねばならず、庄大夫は遅れるなとも念を押した。

忠告通り、智之助は夜明け前に出立したから、道はかなりはかどっている。この分なら遅くとも四ツ（午前十時頃）には峠に差しかかるだろう。むせ返りそうな濃い緑の匂いの中を、智之助は黙々と歩いた。風はなく、空は秋を思わせるほど澄み切っている。

智之助はときおり立ち止まり、その空を見上げた。急な坂に差しかかり、さすがに息が切れたためだが、その度にどこからか、

「おまえさま、しっかり」

とせの声が聞こえるような気がした。この朝、とせはほとんど無言で智之助を送り出したが、別れ際に智之助を見た眼差しははっきりとそう言っていた。前夜、智之助はとせが望むなら小出重太の子を養子にもらえると話したが、そのとき微妙な意味合いを感じ取ったか、

あるいはこのところの夫の様子を見るうちに、通常のお役目ではないらしいと気付いたのかも知れない。

「やはり実家へ帰っていなさい」

そのほうが何かと安全だろうと思い、智之助が再三すすめても、とせは頑《かたく》なに家で待つと言って聞かなかった。庭木に水をやらなければならないし、洗い張りや家の片付けもしたいという。それだけの理由だったが、要するに、とせにとり実家はもう気が休まるところではないのかも知れなかった。どうせ落ち着かないのなら、少しでも夫の匂いのする家にいたい、そう言っているようでもあった。

(案ずるな、必ず帰ってくる)

別れしなに、智之助も眼でそう言った。それで何もかも通じたような気がした。とせは微かにうなずいただけだが、心が通じるときというのはそんなものかも知れなかった。十年もしてようやく互いの気持ちが分かるようになったのかと思うと、喜ばしい反面、遅すぎたような気もしたが、とせのためにも無事に帰らねばならぬという思いは、そのとき智之助の中でより固い意志となった。

(それにしても……)

誰もつけて来ないらしい、と智之助は思った。久賀村から山へ入るときに二人連れの百姓を見かけただけで、山へ入ってからは人の気配すらしないのである。もっとも製紙に使う楮《こうぞ》は時季ではないし、木の芽やわらびも採り終えて村人が山へ入る用はないのかも知れない。聞こえてくるのは鳥の鳴き声と微かな葉擦れの音だけで、物足りないほど静かな道がどこまでも続いていた。

ところが、山の中腹を過ぎたあたりで、智之助は行く手に人の気配を感じて立ち止まった。屈《かが》んで草鞋《わらじ》の紐《ひも》を結び直す振りをしながら、柄袋《つかぶくろ》の紐を緩め、再び立ち上がるのを誰かに見られていると思ったが、そのままゆっくりと歩いた。

少し前から楮畑は杉林に変わってい、その木陰に数人かそれ以上の人の気配がする。上り切るにも下るにも時のかかる場所であることを考えると、多田派の待ち伏せかも知れなかったが、不意討ちにするつもりはないらしく、じきに男がひとり道へ出てきた。

「普請組の奥田智之助か」

男は細い道に仁王立ちになって言った。陣笠をつけた大柄な男で、羽織の下はすでにたすき掛けをしているらしく、刀の下げ緒が見当たらなかった。

「ご無礼ながら、貴殿は？」

智之助は笠の内から言った。多田派の手の者には違いあるまいが、身なりからして身分は高く思われた。

「大目付・安藤左内《あんどうさない》さま配下の者である、面《おもて》を見せい」

言われて智之助が笠を取ると、

「ほう、なるほど禿松だな」

　男は言ったが、にこりともしなかった。

「河川の見回りと聞いたが、連れはおらぬのか」

「いまひとり、田村猪兵衛と申す者が汐見川の西を見回っております」

「案内役もおらぬようだが……」

「このあたりは歩き馴れておりますゆえ、無用にございます」

「これからいずれへ参る」

「水源を二ヵ所ほど視察し、鰍沢の水門へ向かいます」

「すると、泊まりは湯元か」

「あるいは、時が許せばそのさきの金谷《かなや》村になるかと……」

「あそこには小川しかないが……」

「二年に一度、水門の補強に使う材木と人手を賄《まかな》わせております」

　男はその後も執拗に訊問《じんもん》したが、智之助がそつなく答えると、よし、通れと言った。

　智之助は再び笠をつけて歩き出した。事前に目付へ届出ていなければ斬り合いになってい
たかも知れぬと思ったが、存外たやすく通してくれたとも思った。この分なら、街道をゆく
大橋夫婦も湯元までは無事に来られるだろう。

　やがて峠を過ぎて少し下ったところで、智之助は握り飯を食べた。谷側の木立がしばらく

途切れていて、そこから眼下に鰍沢が見渡せる。沢の流れまでは見えぬが、その部分には樹木がないのでそれと分かる。まるで宙に浮いているように見える吊橋があり、その向こうに見える小さな集落が湯元だった。

（また初には会えぬか……）

智之助は握り飯を頬張りながら思ったが、それでいいのかも知れないとも思った。不思議と深い執着は感じなかった。智之助の中では、初は単なる若さの思い出ではなく、大きな負い目のある女である。そのことが尾を引いていないとは言えないが、もう初には初の暮らしがあり、自分にはとせがいるのだからと思った。こうして新蔵の囮役を務めるよりほか、いまさら初のためにできることはないだろう。それでいいのではないだろうか。

実際、山を下りても湯元へは行かずに、智之助は街道を国境《くにざかい》へ向かわなければならなかった。囮役として大橋新蔵のさきを行くのである。街道で多田派に見つかれば、今度は言い開きはできぬし、斬り抜けるしかないだろう。斬り抜けて追手を脇道へ誘い込めば、その間に新蔵が江戸へ向かう手筈だった。

「さて、行くとするか」

呟いて腰を上げると、智之助は飯粒のついた手を竹筒の水で洗った。洗い終えて竹筒を腰に下げようとしたとき、何かしら不吉な予感が脳裡をかすめ、もう一度鰍沢のほうを見た。その途端に、顔から血の気が失《う》せてゆくのが分かった。

（まさか……）

智之助が凝視しているのは吊橋である。鰍沢の吊橋は不安定で馬は渡れない。もしも大橋夫婦が馬を連れていたら、養生のために湯元へ行くと言うのは却って怪しまれはしまいかと思った。うまく言い逃れればよいが、密使の馬と見られたらそれまでだろう。そう思うと、不安は高波のように押し寄せてきた。

もう間に合わぬかも知れぬと思ったが、智之助は山を駆け下りた。麓の畑を突っ切って街道へ出ると、かまわず城下の方角へ引き返した。そして十町ほど戻ったところで、果たして新蔵と思《おぼ》しき男とすれ違ったのである。

新蔵はひとり馬を駆り、国境へ向けて街道を疾走してきた。智之助の目前を駆け抜けていったときには、馬上で抜身《ぬきみ》を操り、鬼のような形相をしていた。しかも、そのあとを多田派のものと思われる空馬《からうま》が続いていった。

（初は、どうしたのだ……）

智之助は力任せに笠をもぎ取った。打《う》ち飼《が》いを捨て、羽織を脱ぎ、柄袋を外して刀の鯉口《こいぐち》を切ったときには、こちらへ向かってくる追手の一群がそこまで迫っていた。徒歩《かち》の追手は一目十人ほどで、新蔵を追っているようにも、次の番所へ注進に向かっているようにも見えたが、智之助にはもうどうでもよいことだった。

（初は、初はどこだ……）

抜刀し、眼を怒らせながら、智之助は無言のまま斬り込んでいった。

七

「初……」

「……」

「初どの……」

繰り返し呼びかけると、初は智之助の腕の中でようやく眼を開いた。左の肩口から胸へかけて袈裟懸《けさが》けに斬られていたが、幸い傷は浅く、命に別状はない。二の太刀を浴びずに済んだのは、斬られたときに気絶したのが幸いしたのだろう。智之助が、走り去った一人を除き、どうにか追手を斬り伏せたところから二町ほどさきの草むらで、初は供の若党《わかとう》や中間《ちゅうげん》とともに倒れていた。

若党も中間も首や腹から血を流し、すでに事切れてい、様子からみて大橋新蔵は初を見捨てて逃げたらしかった。おそらく若党が必死に戦ったのだろう、多田派のひとりも刀を腹に突き立てて死んでいる。

初の意識が戻らぬうちに、智之助は血止めの手当をした。間近に見る初は、いまも美しく、夫のために振るったとみられる懐剣を握りしめる手も、白い肌を裂いた傷も、痛々しさを通り越して悲愴だった。そして何よりも夫に置き去りにされた痛みが、意識を取り戻した顔に表われていた。

「あ、あなたさまは……」

「智之助です、奥田智之助ですよ」

言いながら、智之助は、やはり初が新蔵を逃がしたのではなく、新蔵が初を見捨てて逃げたのだと思った。その証《あかし》に、初はひとことも新蔵の安否は訊ねなかった。

「追手は討ち果たしましたゆえ、もう案ずることはありません」

智之助の言葉も、初は茫然としてほとんど聞いていないようだった。新蔵がひとりで逃げたことを思い出したのか、打《う》ち拉《ひし》がれて虚ろな瞳には絶望が浮かんでいる。

「作次《さくじ》、作次はどこ？」

不意にあたりを見回した初へ、

「お供の方なら、残念ながら……」

智之助が言うと、初は悲痛な叫び声を上げて智之助の胸に顔をうずめてきた。主を守るのが奉公人の務めとしても、あまりに薄情な主であり、そして薄情な夫だった。

まるで我が妻を労《いた》わるように、智之助は初を抱く手に力を込めた。家来はともかく、妻女を置き去りにしてひとり江戸へ向かった新蔵を、立派な御使番とみるか、恥知らずな犬侍とみるか、いずれにしても夫婦の仲は二度ともとには戻らぬだろうと思った。

（哀れな初……）

慰める言葉も暇もなく、智之助は立てますかと言った。心を許した男のために二度までも傷を負った初を、できるならいま少し抱いていてやりたかったが、多田派に見つかる前に姿を隠さなければならなかった。

「さあ、参りましょう」

と言って、智之助は初を背負った。ひとまず湯元へ行くつもりだった。湯宿に医師はいないが、ましな手当はできるだろう。智之助も二の腕に軽傷を負っている。

手当が済んだら初をどこかへ隠し、それから新蔵の跡を追うつもりだった。新蔵が首尾よく駆け抜けたものなら、それはそれでよいし、多田派の手に掛かったものなら、かわりに自分が江戸へ行かねばならない。行かずに城下へ戻ったところで処罰が待っているだけだし、そうなればとせにも累が及ぶだろう。多田派を潰さなければ、追手を斬るところを見られた智之助も終わりだった。

街道脇の雑木林を抜けて田中の道へ出ると、何事もなかったように長閑《のどか》な田園が広がっていた。じきに田打ちのはじまる田圃《たんぼ》と畑の境には、鰍沢から引いた水が小川となって流れている。

「どうです、いい眺めでしょう？」

立ち止まり、智之助は初にも分かるように小さく頭を振った。追手との激しい斬り合いで髷は無惨に崩れ、見る影もない。

「禿松ですよ」

そう自分で言ってみると、意外にも恥ずかしさはなかったが、卒然と涙が込み上げてきて、眼が翳《かす》んだ。

「実はみんなにそう呼ばれています、しかしそっくりですから仕方がありません」

智之助は震える声で続けた。初が少しでも笑ってくれたらと思ったが、やはり初は背中で忍び音《ね》に泣き濡れているようだった。新蔵のことは何ひとつ言わず、訊ねもしない初の心中を思うと、このまま初を連れて出奔《しゅっぽん》してやれぬのが、たまらなく情けない気がした。

「組屋敷の松を覚えていますか」

智之助はまた歩き出して言った。せめて心ゆくまで語り合い、初の傷を癒《いや》してやりたいと思うのに、湯元で別れ、江戸へ向かうことを告げなければならなかった。歩くと腕の傷が痛んだが、初の孤独を思うと胸のほうが疼《うず》いた。

「厩の脇にあった松です、いまではだいぶ大きくなって、よく尾長や野鳩が止まっています、よほど居心地がよいのでしょう」

「……………」

「この禿松にも、ときには懐かしい小鳥が羽を休めにきます、しかし残念なことに……残念なことには、こう葉が薄くては雨宿りもさせてやれません」

喉元まで込み上げてきた嗚咽《おえつ》に声をつまらせながら、智之助がひとこと言う度に、初は怯《おび》えたようにしがみついてきた。

(置いていかないで……)

声にならぬ声で、初はそう叫んでいるようだった。仮に運よく新蔵が生きて戻ったとしても、初にはもう夫とは思えぬだろう。

「湯元へ着きしだい、矢部さまへ使いを出しますから……」

「………」

「しばらくはお心細いでしょうが、決して早まったことはなさらぬように……」

智之助は十二年前に言えなかった詫《わ》びと願いを込めて言ったが、初はしがみついてくるだけで黙っていた。

罪もない初がなぜこんな目に遭《あ》うのだろうか。新蔵はうまく生き延びたとして、いったい何を手に入れるつもりなのだろう。やりきれぬ思いを引きずりながら、智之助は束《つか》の間《ま》の道を黙々と歩き続けた。

菜畑と小川に挟まれた道は細くて頼りないほどだったが、二人の行く手を遮《さえぎ》るものは何もなかった。空は見渡す限り晴れている。降りそそぐ陽の下には野畑《のばた》と山脈《やまなみ》があるだけで、そのまま山を越えれば国境だった。

(お願い、智之助さま……)

ときおり初の手がそう言って胸を締めつけてくるのを、智之助は歯を食いしばってこらえた。胸が激しく波立ち、やがてこらえきれなくなって涙が溢《あふ》れ出たとき、智之助はしかし、はっきりととせの声を聞いたように思った。

「おまえさま、しっかり」

とせの声は蚊が鳴くように小さく、つつましかったが、驚くほど身近に感じられた。

屋鳥

一

夜半から暁闇《ぎょうあん》にかけて降り続いた雨が未だに道を濡らしているが、晴れ上がった空からはすがすがしい秋の光がそそいでいる。冬どなりにしては風も温く、泥濘《ぬかるみ》にさえ気を付ければ遠歩きも苦にはならぬだろう。

ご城下で唯一の書本屋《かきほんや》・渥美屋《あつみや》へ仮名草子の写本を届けた帰りに、揺枝《ゆえ》は町並を外れて海神山《かいじんやま》へ向かう道へ出た。道といっても百姓が使う脇道で、荷車がどうにか通れるほどの野路である。土よりも草の目立つ道の左右には、点々と藁塚《わらづか》を残して役目を終えた水田が広がり、いまはただ霜が降りるのを待っている。これから三冬の間は休耕田となるので人影もない。その間、海神村の人々は畑で大根や葱《ねぎ》を作り、家では箕《み》や魚籠《びく》を編んで春に備える。

春には菜の花で埋まる畑は水田の南の海側にあり、さらに海際の丘から浜辺へ向かう斜面を竹が覆《おお》っている。その丘の端にやや盛り上がって見える雑木林が海神山で、城下から向かうと小高い林にしか見えぬが、浜から見ると山と呼ぶにふさわしく、かなり見上げなければならない。

雨上がりの澄んだ日差しを楽しみながら、揺枝は小一里ほどの道を歩いて目当ての海神山へ入った。それまで日の光を遮《さえぎ》るもののなかった道は小暗くなって冷え冷えとするが、緩やかな坂道をしばらく歩くと突然視界が開け、溢れる光の中に竜神社《りゅうじんしゃ》の鳥居が横向きに現われる。鳥居を貫く石段を右へ上れば竜神社の境内へ、左へ下れば漁村のある弓ケ浜《ゆみがはま》へ出るが、揺枝は石段の踊り場を横切り鳥居脇にある粗末な茶店の客となった。

店先の縁台に腰を下ろすと、眼下に青々とした海が眺められ、いまは浜近くの養苔場《のりちょうば》に刺して間もない海苔粗朶《のりそだ》が並んでいるのが見える。浜から吹き上げてくる濃い潮の香を感じながら、揺枝は顔馴染みとなった老爺《ろうや》に茶を注文した。

いつのころからか、そこが最も落ち着く場所となっていた。こうしてときおり訪ねてきては、小半刻ほど茶を飲みながら遠浅の海を眺めて帰る。ただそれだけのことだが、山の上から広い海を眺めていると、不思議とほかに道はなかったのだと諦めがつくのである。

この十二年、揺枝は文字通り身を捧げて小松原《こまつばら》の家を守り抜いてきた。勘定奉行だった父の豊助《とよすけ》が、当時御家を二分した政変に巻き込まれて斬殺されたとき、揺枝は十六、弟の要人《かなめ》は僅《わず》かに八歳だった。父が横死した直後は、誰の指図で何をし、なぜ斬られたのかも分からなかったが、幸い父が与《くみ》した派閥がその後の政権を握り、ほどなく要人は遺知の半分にあたる百十五石を継ぐことができた。けれども、それで小松原の家が安泰となったわけではない。

父に先立つこと五年、早世した母にかわり要人の面倒を見てきた揺枝だが、父までが亡くなったことで、実質的に小松原家の当主の役目を果たさなければならなくなったのである。幼い弟の教育はもちろん、少なくとも元服を終え、たしかなお役目をいただき、家禄を元に戻すまでは、ひとり他家へ嫁すことは許されぬ身となった。それが皮肉にも婚期を迎えた揺枝に課せられた不運な役目だった。

跡式《あとしき》相続のための煩雑な手続きやら扶持米《ふちまい》の換金方法は人に訊ねることもできたが、意外なほど細々《こまごま》とした世間との付き合いや奉公人の躾《しつけ》といったものは、正直、十六の娘には何よりも重荷だった。果たして付き合いを拒めぬものの中には、家禄を目当てに言葉巧みに近付いてくるものもいて、そうしたものから身を守り、家を守り、しかも一切もめ事を起こさぬようにするには、人には言えぬ我慢もし、忍び音《ね》に泣きもした。

「姉上、姉上……」

と何も分からぬ弟にまつわりつかれ、ひとりになれるのは海を眺めているときだけだった。要人が病になれば夜中でも看病する一方で、普段は厳しくしつけ、それこそ母となり父となって働いてきた。

その甲斐あって要人は二年前に普請方《ふしんかた》の見習いから正式な普請下奉行《ふしんしたぶぎょう》となり、翌年には残りの遺知を継ぐことを許され、ようやく家禄を当初の二百三十石に戻した。そしてこの春には良縁にも恵まれて妻を迎えた。早くに妻帯させたのは揺枝の意志でもあり、これで小松原家は名実ともに弟夫婦の手に移ったわけである。あとはひとりでも子が生まれれば、もう何も案ずることはないだろう。

だが、そうなってみると、今度は自分が小松原家にとっては邪魔な存在となったことに揺枝は気付いていた。むろん要人は何も言わぬが、当主が妻を迎えた家に二十八にもなる姉が残っていては、嫁に気苦労をかけるばかりか世間体もよくない。

それでなくとも、

「松の行かずどの」

そう世間に渾名《あだな》されていることを揺枝はかなり以前から知っている。そのことでは要人も少なからず厭な思いをしているだろう。

しかし十歳の子がいてもおかしくない齢《よわい》になってから嫁ぎ先を見つけるのは、むつかしいというよりも困難である。そのことを考えると、家は守ったものの、失ったものも大きいと揺枝は思う。嫁がぬまでも、せめて密かに殿方を慕うようなことがあったならば、ときには振り返ることもできるだろうに、そうしたこともなく今日まできてしまった。

このまま要人の世話になり老いてゆくのかと思うと、寒気がするほど虚《むな》しくなる。要人が優しければ優しいほど、嫁や奉公人が気を遣ってくれればくれるほど小松原には居づらくなるばかりで、いずれ家を出るときのために写本の内職もはじめた。気持ちも徐々にその方向へ向かいつつある。けれども、そうなればなったで、今度は要人夫婦が邪魔者を追い出したように世間は見るのではないかという危惧《きぐ》もあって、しかとは決心がつかぬのである。

（あれから十二年……）

家長としてしてきたことは決して間違いではないが、役目が終わり残ったのは孤独だった。何もせずとも輝いていた若さは二度と戻らぬし、女子として夢見ていた幸福は歳月とともに遠退《とおの》いていった。

（この海のように、誰にも動かせぬ宿命だったのでしょう）

そう思うしかない。そう思って諦めなければ、このさき強く生きてゆくことも叶《かな》わぬだろう。ようやく自分で自分の道を決められるときが来たのではないか。でも、と揺枝はつい思ってしまう。もっと強くならなければと自分で自分を励ます一方で、いま思い付くいくつかの道には胸をときめかすものが見当たらぬのも事実だった。

（潔くないこと……）

いつもの物思いから覚めると、揺枝は立ち上がり、ごちそうさまでしたと言った。にわかに沖の空が曇りはじめていた。

竜神社に参ってから帰ろうと思いながら、勘定を済ます間に揺枝は思い直して来た道を引き返した。久し振りにたっぷりと海を眺めて心は洗われていたが、これから歩く道程は来たときよりも遥かに遠く感じられた。

二

「いかがなされた」

不意の声に、揺枝は身を固くして立ち上がった。海神山を下る途中で下駄の鼻緒が切れて箝《す》げかえていたところへ、いつの間に近付いてきたものか、その男は目の前に立っていた。しかも笠で顔を隠し、仁王立ちに立ちふさがっている。

「何でもございません」

揺枝は片手に下駄を持ったまま答えた。滅多に人の通らぬ道は頭上まで枝葉に被われて薄暗くひっそりとしていたし、男に脛《すね》を見られたような気がしたのと、咄嗟《とっさ》に乱暴されるのではないかという警戒心が働いていた。

「箝げて進ぜよう」

「いいえ、けっこうです」

「さようか、しかし城下へ戻られるなら急がれたほうがよい、じきに雨になる」

「え……」

揺枝が空を仰いだ瞬間、男はさっと揺枝の手から下駄を奪い取って言った。

「やはり直して進ぜよう、すぐに済む」

男はその場に屈《かが》むと、言葉通りすぐに鼻緒を箝げてくれた。しかも恥じらう揺枝の足首を無造作に取り、手拭《てぬぐ》いで足裏を叩《はた》いて履かせてもくれた。

「これでいい、気を付けてお帰りなさい」

意外なほどそそくさと歩きかけた男へ、揺枝は思わず声をかけた。

「もし、よろしければご尊名を承りとうございます、わたくしは普請方・小松原要人の姉で揺枝と申します」

すると男は振り返り、

「ほう、あなたが……」

と言った。

「ご尊父は残念なことでした、実はあのおり、もう十二年も前のことですが、それがしも斬り合いの中におりました」

「……」

「名乗るまでもございますまい、これがそのときの傷です」

男は揺枝へ歩み寄ると、笠を取って顔を見せた。左の目尻から顎《あご》にかけて大きな刀傷があり、そのために顔半分がいくらか引きつっている。が、無傷のほうを見ると元は端正な顔立ちであったことが窺《うかが》え、しかも眼差しははっとするほど優しいものだった。

「気味が悪いでしょう」

「いいえ」

「正直に言ってくださってけっこうです、自分でもそう思いますから……」

「でも……」

それほどでもないということを何か別の言葉で言おうと思っていると、男は揺枝へ編笠を差し出し、

「醜いものをお見せしたお詫びにこれを差し上げましょう、少しは雨も凌《しの》げます、雨が止んだら捨ててくださってけっこう」

では、ごめん、と言って、足早に去っていった。やはり竜神社へ行くのだろうかと思ったが、それにしては急いでいるようにも見えた。結局、呼び止めたものの礼も言えずに別れた揺枝は、小雨の落ちてきた道を歩きながら、後日、改めて家を訪ねて礼をすべきだろうかと考えた。

男は武具役の宮田《みやた》与四郎《よしろう》だった。顔にあれだけの刀傷のある男は家中《かちゅう》に二人といないし、その噂も聞いている。剣の腕は立つが粗暴で手がつけられぬとか、城下の色町で町人相手に暴れたとか、どれもよからぬ噂で、粗暴な振舞いの原因も顔の傷にあるらしかった。

揺枝はしばらくあとになって知ったことだが、十二年前、父はいまの筆頭家老・阿部《あべ》杢之《もくの》

助《すけ》を襲った刺客と斬り合って死んだのだそうである。そのとき死んだのは父だけではなく、居合わせた阿部家の用人・竹内新蔵《たけうちしんぞう》と郡奉行《こおりぶぎょう》・柳井彦九郎《やないひこくろう》らとともに、四人の刺客と刺し違えたという。そして残る六人を斬ったのが、たまさか上役の使いで阿部家を訪ねてきた宮田与四郎だった。当然のことながら刺客は腕の立つものばかりで、そのとき与四郎が現われなければ阿部家老も命はなかっただろうと言われている。

ところが、それだけの働きをしたにもかかわらず、その後の役替えでも与四郎は武具役のまま、僅かに五石の加増はあったものの二十歳の顔に傷を残しただけで終わったのである。理由は与四郎の父・宮田儀兵衛《ぎへえ》が久しく敵方の派閥《くみ》に与していたからで、隠居後も繋《つな》がりがあったと見なされたのだった。

以来、与四郎に嫁の来手はなく、宮田家は五石と引き換えに両派から蔑視される家となった。その鬱憤《うっぷん》が与四郎を益のない騒擾《そうじょう》に駆り立てているのかも知れない。が、阿部家老の命の恩人であることには変わりなく、未だに執政の目溢《めこぼ》しに与《あずか》っているのだという。

しかしついさっき揺枝が見た与四郎は、噂とは違う人物のように思われた。たしかに顔は恐ろしいといえば恐ろしいが、それほどでもないと思ったように、恐さを打ち消す何かがあった。与四郎がしたことだけを考えれば親切そのものであったし、こちらが恐れなければ素直に礼も言えたはずである。

(ひょっとして……)

あの御方も無責任な人の噂に追い回されているのではないだろうか。いくらご家老でも粗暴なだけの男を庇《かば》い続けることはできぬだろう。噂とは逆に、本当は心優しい人ではないだろうかと揺枝は思った。

与四郎に嫁が来ない理由の半分は、やはりあの傷のせいだろう。五石の加増があって三十石の家だし、当主はこのさきどうなる見込みもない荒くれである。わざわざ醜い男へ嫁《か》さずとも三十石の家ならほかにいくらでもある。そのことは与四郎も当然心得ていて諦めているのかも知れない。だが家を続けてゆくには、誰であろうといずれは妻か養子を迎えなければならない。

揺枝は漠然とそんなことを思いながら、与四郎がくれた笠を翳《かざ》して歩いた。海神山の雑木林を抜けたときには、あたりはもう夕暮れのように薄暗く霧雨に煙っていた。

(あんなに晴れていたのに……)

案外な雨脚の早さに、揺枝は少し不安になって道を急いだ。日が落ちるまでにはまだ一刻以上あるはずだったが、何も知らぬ家の者が案じているころである。

幸い雨はその後も激しい降りにはならず、どうにか半刻ほどで屋敷へ着くと、

「お嬢さま、そんなにお濡れになっていったい……」

果たして門前で待ち構えていたお稲が、揺枝の姿を認めて駆け寄ってくるなり、苛立《いらだ》ちと安堵《あんど》を交互に顔に出して言った。

「それは心配したのでございますよ、渥美屋さんへ行ったら、もうとっくにお帰りになられたというので……」

「ごめんなさい、晴れていたので竜神社へ参ってきたのです」

「まあ、おひとりであんなところまで行かれたのですか、もしも何かあったらどうなされます」

玄関へ入るや、お稲はともかく早くお着替えになりませんとと言って、揺枝を式台に座らせて足袋《たび》を脱がせた。

「今度遠くへ行かれるときは稲がお供いたしますから、そう言ってくださいませ」

「ええ、そうします」

揺枝は素直に言って濡れた袂《たもと》を絞《しぼ》った。

「着替えは湯殿へ運んでください、座敷を濡らすといけませんから」

「はい、すぐにお持ちいたします」

「それから要人どのには無事に帰ったことだけお知らせするように、わけはあとでわたくしが話します」

そう言うと、揺枝は立ち上がり湯殿へ向かいかけたが、ふと思い出したようにもうひとこと付け加えた。

「そうそう、その笠は大切な借り物ですから、捨てないでくださいね」

三

要人夫婦と夕餉《ゆうげ》を取って床に就いてからも、揺枝は何となく寝つかれぬまま宮田与四郎のことを考えていた。右の足首に与四郎の手の感触が残っているような気がして、こっそり夜具の中で触れてみると、そこだけ熱いような気もした。

要人に与四郎と出会ったことを言わなかったのは、写本で金を得ることにも反対の要人に、ひとりで海神山まで行ったうえに、偶然にしろ巷《ちまた》では乱暴もので通っている与四郎と二人きりでいたなどと言ったら、驚《おどろ》くだけでは済まぬだろうと思ったからである。それでなくとも噂の立ちやすい姉である。弟嫁《おとよめ》の鈴《すず》にしても、小姑《こじゅうと》の揺枝にふらふらと出歩かれては世間にあらぬ邪推をされかねない。世間から見れば、いまや揺枝の立場は、お零《こぼ》れを狙《ねら》い小松原家の屋根から動こうとしない烏《からす》のようなもので、姿が見えなくなればなったで嫁が追い払ったなどという噂はすぐにでも立つだろう。

(それにしても……)

あれから宮田与四郎はどこへ行ったのだろうかと思った。竜神社は水をつかさどる神を奉る神社で、百姓や漁師の信仰は厚いが武士が参ることは少ない。竜神社でなければ浜へ下りるしか道はないが、いま思うと海釣りに向かったという姿でもなかった。もっとも、そういう自分も海神山にいたのだから、与四郎に人知れぬ目当てがあったとしてもおかしくはない。

逆に与四郎は何も訊ねなかったが、あんなところにひとりでいた自分をどう思っただろうかとも思った。当然、妙だとは思っただろう。いまになり揺枝はそのことを少し与四郎に弁解したい気持ちになった。

やはり宮田家を訪ねてみようか。借りた笠を返しに来たと言えばいい。そして、それとなく海を見たくなったのだと言えば分かってくれるのではないだろうか。それにはあまり日が経てからではおかしいだろうと思ったが、身分も暮らしも違う与四郎を人目のうるさい組屋敷へ訪ねるのは、それはそれで勇気のいることだった。

(明日もう一度よく考えてから……)

決めかねたまま揺枝は眼をつむった。海神山の暗い道で見た与四郎の姿を思い浮かべながら、やがて眠りに落ちると、与四郎は夢の中にも現われてまた下駄の鼻緒を箝げてくれた。そして揺枝の足首を取ったが、揺枝はもう少しも恐ろしいとは感じなかった。むしろ胸が静かに波立ち、夢の中とはいえ心地よく思ったほどである。

ところが、いざ夜が明けてみるとやはり気後《きおく》れがしたうえ、見る見る時が過ぎて午後になり、勤めを終えて下城してきた要人から意外なことを知らされたのだった。

「姉上、あの宮田与四郎がまた大変なことをしでかしましたぞ」

「え？」

「昨夕、海神村の弓ケ浜で私闘を行ない、五人を打ち破ったそうにございます、相手方は一刀流・村井《むらい》道場の門人にて、うちひとりは御船奉行・三浦左内《みうらさない》さまがご次男ということです」

「斬ったのですか」

「いえ、得物《えもの》は木剣にて死者はおりませんが、いずれも骨を砕かれたそうです」

「まあ」

「これでまた当分の間、宮田は差控《さしひかえ》かよくて謹慎でしょう」

「それで宮田さまは？」

「……」

「宮田与四郎はいかが相《あい》なりました」

「無傷にございます、目付に呼び出されて詮議を受けておりますが、一向に悪びれた様子もないとか、おそらくすべて覚悟のうえでしたのでしょう」

「そうですか……」

無事と聞いてほっとした揺枝だが、謹慎となれば家に訪ねることはできぬだろうと思った。揺枝は少し考えてから言った。

「でも相手は五人だったのでしょう？　卑怯《ひきょう》な振舞いとは言えぬのではありませんか」

「ええ、まあ、しかし私闘は私闘です」

「すると相手方も？」

「何らかの処分はあるでしょうが、いずれも無役《むやく》の者ゆえ、それぞれの家の当主が注意されるものと思われます」

要人は自分の言葉にうなずくと、いずれにしてもこう不始末が続いては、早晩、宮田家は滅石となるか、あるいはお召し放ちとなるかも知れないと付け加えた。

「あれだけの腕がありながら、馬鹿な男です」

「そうでしょうか」

「は？」

「わたくしにはそうは思えません」

揺枝はじっと要人を見つめて言った。

「騒擾のすべてを宮田与四郎が起こしたと考えるのは偏見ではないでしょうか、今度のことにしろ私闘に及んだ経緯《いきさつ》はまだ分かっていないのでしょう？　誰もがはじめから宮田与四郎の悪行と決めつけてはいませんか」

「はあ、そう言われれば……」

「十二年前、宮田与四郎は父上とともにご家老さまの危局を救いました、あのときご家老さまが斬られていたら、その後の執政はもちろん小松原家の有りようも違っていたでしょう、そのことを忘れてはなりません」

「はい」

「それに人伝《ひとづて》に聞いたことを事実として思い込むのは危険なことです、要人どのも不用意に人へ伝えることは控えたほうがよろしいかと存じます」

「かしこまりました」

しかし、それから数日して決まった宮田与四郎の処分は意外にも重いものだった。家禄を十石減じ二十石とされたうえに、武具役を解かれたのである。しかも閑職すら与えられなかった。藩の沙汰《さた》は今度のことだけではなく、度重なる騒擾をも考慮して下されたらしく、家は残すが出仕には及ばぬという屈辱的なものでもあった。当然のことながら組屋敷も明け渡さねばならず、間もなく与四郎は父母とともに藩がかわりに用意した城下外れの空家へ越していった。

与四郎がいなくなって組屋敷の者もほっとしたのではないだろうか。明け渡しの当日は僅かに付き合いのあった隣人が見送りはしたものの、以来、宮田与四郎の名は時とともに忘れ去られていった。むろん宮田家を私用で訪ねる人はなく、与四郎も人目に付く場所へは姿を現わさなくなった。かつての同僚はおろか親類縁者からも見放されたのである。

やがてその年も終わるころになり、揺枝はお稲を伴い宮田家を訪ねた。人々の関心はすでに正月の支度に向いていたから、日の暮れかけた道を宮田家へ向かう二人の姿を見咎《みとが》めるものもなかったであろう。

宮田家は城下の西詰を流れる汐見川《しおみがわ》の対岸にあり、それこそ田圃《たんぼ》と林しかない田地の隅に建てられた庵《いおり》のような住まいは、見るからに疎外された観がある。家の近くには橋もなく、揺枝とお稲はいったん城下を通り過ぎてから丸太橋を渡り、川沿いの道を引き返すようにして宮田家へ向かった。それが最も目立たぬ行き方でもあった。

人の往来が少ないせいか、川向こうの堤には数日前に降った雪がまだところどころに白く残っていたが、心細い提灯《ちょうちん》の灯は却《かえ》って遠くまで届くようだった。住まいを探し歩くうちに日はとっぷりと暮れていた。

「お嬢さま、どうやらここのようでございます」

丸太橋から三町も歩いただろうか、ようやくそれらしき家を見つけると、揺枝はお稲へ門口で待つように言い、枝折戸《しおりど》を開けて玄関へ近付いた。玄関といってもいきなり腰高障子《こしだかしょうじ》があるだけだが、人はいるらしく仄《ほの》かな灯が洩れていた。

「ごめんくださいませ、御当家は宮田さまでございましょうか」

訪《おとな》いを告げると、ややあって近付いてきた人影が障子越しにどなたさまかと訊ねた。与四郎の声ではなかった。

「小松原の揺枝と申します、宮田与四郎さまを訪ねて参りました」

揺枝が答えると、戸が開いて痩《や》せた年寄りが姿を見せた。乱れた総髪はほとんど白く髭《ひげ》も伸びていたが、全体に穏やかな印象で、じっと揺枝を見つめた眼が微笑《ほほえ》みかけてくるようだった。

この御方が父御だろうと思いながら、揺枝は丁寧に辞儀をした。

「夜分に恐れ入ります、宮田与四郎さまはご在宅でしょうか」

「あいにくと伜《せがれ》は留守ですが、どうぞお上がりください、と言っても、むさくるしいところですが……」

宮田儀兵衛は恐縮気味に言ってから、はたと気付いたように名を名乗り、そして今度は微笑みながら、揺枝さまは与四郎から聞いていた通りの御方だと付け加えた。

「さ、どうぞ」

「ありがとうございます、ですが……」

揺枝が道で待っているお稲のほうを振り返ると、儀兵衛は何もないがお供の方もどうぞと言った。

お稲を呼んで上がってみると、果たして何もない家だった。薄汚れた襖《ふすま》の向こう側は分からないが、少なくとも通された部屋には小さな火鉢があるだけで、炭火も埋《い》けていなかった。寝るとき以外は一部屋で過ごしているのかも知れない。

「家内が風邪で臥《ふ》せっておりまして……」

儀兵衛は自ら淹《い》れた茶を運んでくると、ささくれ立った畳の上に盆ごと置いて揺枝にすすめた。その前に玄関にいるお稲にも茶を出してきたようだった。

「それはいけません、大事はないのですか」

「はい、さほど案ずることもないように思いますが、いささか疲れが重なったようです」

「それは……そうと知っていたら何か別のものをお持ちしたのですが……」

揺枝は気まずそうに持参した茶菓子を前に出してから、海神山で与四郎に世話になった礼と、そして礼に来るのが遅れた詫びを述べた。儀兵衛はそのことで揺枝が来てくれたことも、なぜ今日まで来られなかったかも、とうに察していてくれて、かようなことで訪ねてくださるとは思ってもみなかったと逆に礼を述べた。

「ここへ移り住んで以来、ときおり目付の配下が様子を見に来るほかは誰も訪ねてはまいりません、小松原さまとはいささかご縁があるとはいえ、まことに嬉しい限りでございます」

「……」

「いや、実を申せばこの十二年、与四郎を訪ねてくださったのは、喧嘩相手と役人を除けば揺枝さまがはじめてにございます、しかも当家がこのようなときに……」

「いいえ、わたくしのほうこそ、小松原を助けてくださった御方だというのに十二年もご挨《あい》拶《さつ》にも伺わず、父が生きていたらきっとしかられています」

「もったいないことです」

と言って、儀兵衛は頭を垂れた。上士の娘が落ちぶれた宮田家を訪ねてくれたこともそうだが、仵の人格を認めてくれたことが父として何よりも嬉しかったようである。

「何かお手伝いできることはございませんでしょうか」

と揺枝は言った。

「お稲もおりますし、女子にできることでしたらご遠慮なく……」

「いいえ、こうしてお目にかかれただけで十分でございます、家内もお声を聞いて力がついたかと存じます、これ以上のことは……」

「そうですか、では与四郎さまがお戻りになられましたら、くれぐれもよろしくお伝えくださいませ」

「はい、必ずそういたします」

結局、与四郎には会えぬまま揺枝は宮田家を辞去した。丸太橋まで送ってくれた儀兵衛と別れ、お稲と家路についたときには月明かりが道を照らしていた。

「ねえ、お稲、宮田さまは優しい御方でしたね」

「はい、わたくしにもお茶をくださいました」

町の火影《ほかげ》に向かいながら、揺枝は帰宅する与四郎と出会わぬだろうかと思ったが、家に着くまでそれらしい人影も見かけなかった。

四

ときおり浜から吹き上げてくる風は日差しよりも暖かく、濃い潮気を含んでいる。海神山の茶店から眺めると、弓ケ浜の沖には海苔粗朶がひしめき、干潟《ひがた》を掘って作った舟道《ふなみち》を小舟がゆっくりと往き来している。

揺枝は二杯目の茶をすすりながら、いまでは遠く感じられる宮田与四郎のことを考えていた。去年の暮れにお稲と宮田家を訪ねてから三月が経つ。その間に、思いも寄らぬ騒動があった。

十二年前の政変から鳴りを潜めていた元家老の真野道右衛門《まのどうえもん》が、再び阿部家老に刺客を放ったのである。執政交代からいっとき藩の財政は好転したが、数年前に俸禄の借上げが実施されたころから不平分子が出はじめ、憂憤状態にあった真野派と結び、密かに勢力を拡大してきたらしい。そして徐々に態勢を立て直した真野派は、藩主の帰国を前に再挙するに至った。

ところが、今度も真野派の阿部家老暗殺は失敗に終わり、しかも七人の刺客のうち二人が生け捕りにされた。その結果、動かぬ証拠を突き付けられた真野道右衛門は沙汰を待たずに自裁して果て、真野派の主立った幹部は切腹は免れたものの領外追放となるか、あるいは閉門となった。揺枝が要人から聞いたところでは、今度のことで何らかの処分を受けた家中は五十に余るというから、水面下ではかなりの攻防があったのだろう。

意外だったのは七人の刺客のうち五人までが一刀流・村井道場の師範・村井盛十郎《せいじゅうろう》とその高弟であったことで、道場そのものが真野派の巣窟であったらしい。そしてさらに世間を驚かせたのは、刺客を斬ったのがまたしても宮田与四郎だったことである。与四郎は真野派の動向を察知した阿部家老の指図で、この数ヵ月、阿部家に潜み、刺客を待ち構えていたそうで、世間には無駄飯食いの厄介ものとして白い目で見られながら、実は誰よりも御家のために働いていたのだった。

(あの御方は……)

自ら御家の屋烏《おくう》と化してご家老さまを守っていたのだ。これまでの騒擾も川向こうの空家へ移ったのも、敵の目を晦《くら》ますためだったに違いないと揺枝は思った。いまでは世間もそう認めはじめている。

事件から一月ほど経たいまも宮田家の処遇は決まらず、依然として川向こうの荒屋《あばらや》に住んでいるというのに、掌《てのひら》を返したように来客が跡を絶たない。それだけ宮田家の末は誰の目にも明るくなったわけで、親類縁者はもとより散々中傷してきたものまでが言いわけに訪れているという。

ひとつには与四郎が御家の次期剣術師範になるという噂があるためで、此度の手柄による名誉回復と加増が目当てともいえる縁談もあるらしい。揺枝はそういう人々に混じり宮田家を訪ねるのは浅ましい気がして、本当は与四郎や与四郎の父母に祝意を伝えたい気持ちを抑えていた。だいいち、いまは与四郎にとって最も大切な時期である。

要人の話では与四郎が剣術師範になるという噂は事実であるらしく、現師範の戸辺十内《とべじゅうない》は、過日、高齢を理由に隠居を願い出たそうである。もっとも与四郎が次の師範と決まったわけではなく、戸辺十内の高弟のひとりと江戸から来るはずの平川弾蔵《ひらかわだんぞう》という神道流の遣い手との三人で、藩主の帰国を待って御前試合が行なわれるらしい。

過去の例からいって、与四郎が勝てば少なくとも五十石十人扶持を賜るのは間違いなく、住まいも城の搦手《からめて》門内の道場へ移ることになるだろう。そうなってからでは気軽に訪ねることも叶わぬだろうと思いながら、揺枝はやはり宮田家を訪ねることはできなかった。この折に与四郎が妻《めと》を娶るのも間違いのないことで、年が明けて二十九にもなった自分がのこのこと訪ねていっては迷惑になるだろうと思った。人に見られれば、いい歳をして見苦しいと笑われもするだろう。

十二年もの間、嫁の来手がなかった鼻摘《はなつま》みの与四郎とならば、あるいはと密かに思わなかったわけではない。そんな自分を恥ずかしいとも思う。だが、与四郎に対する思いは揺枝がはじめて異性に抱いた真情でもあった。そのことだけは恥じずともよいのではないだろうか。

(でも、二十九ですものね……)

揺枝は溜息をついた。与四郎のことを諦めるというよりは、その歳で何かが起こるはずがないと思った。

重い溜息が聞こえたものか、

「お嬢さま、稲は悔しくてなりません」

それまで傍らでじっとしていたお稲が、卒然と揺枝を見つめて言った。

「宮田さまはなぜお嬢さまにお会いに来られぬのでしょう、宮田家があのようなときに身分も魂胆もなく訪ねたお嬢さまのお気持ちは、わたしにだって分かりました、それなのにいくらお手柄をたてたからといって何も言ってこないのはひどすぎます」

「お稲、はしたないことを言うものではありません」

「ですが……」

「いいえ、これでいいのです、宮田さまは大切な御前試合を控えた身、それでなくとも大変なときに、いったいわたくしに何ができるでしょう」

「ですが、お嬢さま」

お稲は我が身のことのように目を潤ませて続けた。

「叱《しか》られついでにもうひとことだけ言わせていただきますが、お嬢さまは女のわたしが見てもいまでもお美しいです、それだけじゃありません、御家の賄《まかな》いだって学問だって誰にも負けやしませんし、宮田さまにはそのようなことも分からないのでしょうか」

「……」

「だいいち、だいいちお嬢さまはもうご苦労が報われてもいいころです」

「ありがとう、お稲……」

でもね、と揺枝は言った。お稲が言うほどに自分を美しいとも賢媛《けんえん》とも思わぬが、宮田与四郎を思う気持ちだけは誰にも負けぬだろうと思った。けれども、一度会ったきりの与四郎に同じことを望むのは、こちらの身勝手というものだろう。

「それがわたくしの宿命なのです、ですからそのことはもう忘れてください、宮田さまとは、きっとそれだけのご縁だったのです」

「……」

「いいですね」

揺枝が微笑みながら言うのへ、お稲は力なくうなずいた。

「さあ、竜神社にお参りをして帰りましょう」

五

長く静かな梅雨が明けると、城下は一気に夏の盛りを迎えた。焼けるような日差しに木々は精一杯に葉を広げ、あくまでいまを生きようとしているかに見える。

過日、城内の的場で行なわれた御前試合で、宮田与四郎は見事に相手方の二人を打ち破り、剣術師範の座を手中に収めた。しかも阿部家老の進言により百石十五人扶持を賜り、異例ともいえる出世を遂げていた。

与四郎は、いまでは父母とともに搦手門内の道場に住み、名も宮田新兵衛《しんべえ》と改め、秋には妻《めと》を娶る運びだという。十三年もの間、一度としてなかった縁談も断わり切れぬほどにあるらしく、誰が宮田家の嫁になるかが家中共通の関心事にもなっている。宮田家が秋までに決めると公言したのも、おそらくは混乱を避けるためだろう。

しかし、とうとう揺枝には何の連絡もないまま、季節は移り、秋を間近にしていた。その間にも、年頃の娘を持つ親は代わる代わる宮田家へ日参し、互いに牽制《けんせい》し合いながらも一縷《いちる》の望みを分かち合ったようである。いつしか家に引き籠《こも》るようになった揺枝のことはすっかり忘れられていた。

その日、久し振りに渥美屋へ注文の写本を届けた揺枝は、いったんは屋敷へ戻りかけたものの、空身《からみ》になるとやはり海を見てみたくなり、途中で城下を横切る路地へ入った。降りそそぐ日の光はいまも暑いが、心なしか秋めいた風が海へ誘うかのように吹いている。

町屋を抜けて野路へ出ると、果たして風は微《かす》かな潮の香を含んでいた。田中の道にはまだ夏草が生い茂り、揺枝はときおり人目のないことを確かめながら両手で股立《ももだち》を取るように着物の裾《すそ》を持ち上げて歩いた。

（要人に何と言おう……）

海神山へ向かいながら、そろそろ家を出て自活するつもりでいることをどう切り出したものかと考えていた。写本のほかに活花や手跡の指南をすれば食べてゆける目処《めど》は付いていたし、渥美屋の主人に頼んで貸家も探してもらっている。要人夫婦に反対されることは分かっているが、長い目で見ればそれがお互いのためだろう。いっとき世間は騒ぐかも知れぬが、一生、小松原の厄介ものとして見られるよりはましである。

宮田与四郎のことも、努めるうちにどうにか諦めがついたし、このさき殿御とああした出会いをすることもないだろうと思った。

（あれは……）

いっときの夢であって、心を静めて考えてみれば現実となるほうがおかしい。いまでは身分もどうにか釣り合うとはいえ、与四郎にすればわざわざ行かずを娶らずともいくらでも若くて健康な妻を迎えられる。十三年も待ったのだから、それが当然だろう。

半刻ほど歩き、海神山へ入ると、道はひんやりとして気持ちがよかった。昨秋、与四郎と出会ったあたりで、揺枝は道の端に白い花を見つけて足をとめた。寄り添うようにふたつ細い茎を並べているのは山百合《やまゆり》だった。ほかにもあるのだろうかと思いあたりを見回すと、百合は木立のところどころにひっそりと咲いていた。

（茶店の老人に……）

ふと思い付き、揺枝は身を屈めて手を伸ばした。山百合はすらりと伸びて折れやすそうに見えたが、指先が触れた瞬間、揺枝はさっと手を戻した。ふたつあるものの一方を折るのが不意に哀れに思われたのである。山百合がそうかどうかは知らぬが、花によっては雌雄の別があると聞いたことがある。もしも対をなしているなら、残されるほうが哀れだろうと思った。

立ち上がり、揺枝はまた歩き出した。緩やかに曲がった坂道をしばらくゆくと、白い光の中に竜神社の鳥居が現われた。陰々とした道をゆっくりと歩いて来たせいで、石段の踊り場へ出たときには、一瞬、目が眩《くら》み何も見えなくなったが、じきに澄みきった青空と山の緑が見えた。眼下に広がる弓ケ浜は潮が引き、干潟に残った無数の水溜まりが日盛りの陽光に煌《きら》めいている。

まるで星が落ちているようだと思いながら茶店のほうを見たとき、揺枝は我が目を疑った。幻に違いないと思った。

（なぜここに……）

店先の縁台に座っているのは、しかし紛れもなく宮田与四郎だった。じっと海を見つめる横顔には懐かしい傷痕《きずあと》がある。身なりは整い、与四郎はどこか凛《りん》としていた。

信じられぬまま立ち尽くしていると、気付いた与四郎がこちらを見た。与四郎はさっと立ち上がり、微笑みながら歩み寄ってきた。

「お久し振りです」

そう言って見つめた眼差しには物静かな熱意が溢れ、揺枝は体ごと引き寄せられるような気がした。

「ここなら誰にも気兼ねせずにお目にかかれると思い、お待ちしておりました、今日でかれこれ五日目になります」

「五日も……」

「はい、しかし大切なことですから、五日が十日でもどうということはありません」

与四郎は、揺枝が川向こうの宮田家を訪ねてくれたときから、自分の気持ちは決まっていたと言った。そして、いつか自分の口から堂々とそのことを揺枝に伝え、揺枝の口から返事を聞きたかったとも言った。

「父も母も、宮田の嫁はあなたを措《お》いてほかにはいないと申しております、無躾は承知のうえでお願いいたします、いくらでもお待ちいたしますゆえ、今日ここでご返答いただけないでしょうか」

与四郎が一段と力を込めて言うのへ、

(何という吉祥《きちじょう》でしょう……)

揺枝は半ば茫然としながら、その凜々《りり》しい顔を見上げた。いまようやく自分の運命にも光が差したことを感じながら、今日という日を迎えるために長く孤独な歳月があったのだとも思った。

与四郎が揺枝を促し、二人は茶店のほうへ歩いた。遠く東に望まれる岬も、沖の海原も、さわやかな午後の光に満ち溢れている。

「早いもので、じきにあれから一年ですな」

と与四郎が言った。

「しかし、実に長い一年でした」

「ええ、ほんとうに……」

与四郎の背へ、うつむいて答えながら、揺枝はその身を包みはじめた抑えようのない火照《ほて》りに気付いた。取り返しがつかぬと思っていた日々が一足飛びに甦《よみがえ》り、体の中を長い眠りから覚めた女子の血が滾々《こんこん》と流れはじめたようである。

「与四郎さま」

踊り場を過ぎたところで揺枝は不意に立ち止まり、振り向いた与四郎を見つめた。この御方の妻になるのだと思うと、不覚にも涙が込み上げてきたが、揺枝はいましも羽ばたくような思いで言った。

「父が死んでからというもの、身の不幸ばかり思い悩んでまいりましたが、ほんとうはあなたさまをお待ちすることが、わたくしの宿命だったのですね」

竹の春

一

野木与五六《のぎよごろく》は疲れていた。

相州・中荻野村《なかおぎのむら》から総州・一宮《いちのみや》まで、およそ三十五里を歩いた足は腓《こむら》が固くなり、心の臓はきりきりと痛んでいる。若いころには決して起こらなかったことが、いまはいくら用心を重ねても起こるし、気力も衰える一方である。

無邪気で何も分からなかった子供のころを除けば、五十年も生きてきて楽しいことは何ひとつなかった。婿養子の口にあぶれて妻《めと》も娶れず、家では畑仕事に明け暮れ、身を縮めて暮らしてきた。そういう疲れが溜《た》まっているのかも知れない。

（まったく、おれの一生は……）

与五六は宿の一間に落ち着くと、畳の上に両足を投げ出した。行灯《あんどん》を灯しても薄暗い部屋には、女中が置いていった茶がまだ湯気を立てている。改めて見回すと、部屋の壁はそこかしこで剝《は》げ落ち、襖《ふすま》や障子は渋紙色《しぶがみいろ》をしていた。そのくせ先払いした旅籠《はたご》代だけは供のいる主人並みだった。

もっとも野木家の自室に比べれば遥かにましで、広いうえに明かり障子もゆったりと取られている。大の字に横になっても手足が物に触れることのない、ささやかな自由だけは感じられた。

（これが湯治《とうじ》か遊山《ゆさん》であれば……）

どんなにか気が楽だろうかと、与五六は天井に残る雨漏りの跡を眺めながら思った。

野木与五六が中荻野村の大久保《おおくぼ》家（荻野山中藩）陣屋を出立したのは五日前である。猛暑をもたらした夏が暮れ、季節はようやく秋に変わろうとしていた。兄の本左衛門《ほんざえもん》に言われて出立することになったのは、僅かにその三日前だった。

「蔵人《くらんど》の所在が分かったぞ、総州は一宮だ」

呼ばれて兄の部屋へゆくと、本左衛門は眼を輝かせてそう言った。高須《たかす》蔵人は二年前に脱藩した勤王家《きんのうか》で、出奔するにあたり本左衛門の娘・うねを道連れにしたと見られている。果たして勤王の志士が女連れで脱藩するだろうかと与五六は思ったが、本左衛門は未だにそう信じているらしい。もっとも当時は蔵人とうねの縁談がすすんでい、ほかにうねが姿を消す理由も見当たらなかった。

本左衛門は、とある人物を介し、やはり勤王派の藩士である山本伊之助《やまもといのすけ》からその事実を聞き出したと言ってから、

「手続きは二日もあれば済むだろう、済みしだいに出立し、うねを連れ戻せ」

と与五六に命じた。

「分かっているだろうが、蔵人は斬れ、ただしうねの前で斬ってはならんぞ」

「しかし兄上……」

与五六は久し振りに本左衛門の眼をまっすぐに見た。ひとつ年上の本左衛門は与五六よりも若く見え、体付きも同じ飯を食いながら一回り大きかった。ただひとつ顔だけはいまでも鏡を見るように似ている兄へ、与五六はためらいがちに言った。

「すでに子がおるやも知れませぬ、そのときはいかがいたします」

「そなたに任す……」

分かるな、と本左衛門は冷ややかな眼で念を押した。つまりは連れ戻すのはうねひとりでよいということだった。

うねは独身を通してきた与五六にとっては我が子のような姪ではあるが、叔父の眼から見ても器量よしとは言えず、わざわざ蔵人が連れ去ったとは思えなかった。けれども親である本左衛門から見ると、すべては蔵人の仕業に見えるらしい。それでなくとも徳川譜代の御家に父祖より受け継いだ軍学をもって仕える本左衛門には、勤王というだけで敵視するきらい

があった。

高須蔵人が勤王家だと知っていたら、むろんうねとの縁談もすすめなかっただろう。攘夷《じょうい》には軍学者としての血が本能的に騒ぐらしく、積極的に思案もするが、幕府に刃向かうことなど考えられぬ人である。ときおり家へ訪ねてくる勤王論者に対しても決して佐幕の立場は崩さず、武士として理路整然とした反論はするものの、議論を切れ切れに洩《も》れ聞く与五六の耳にも時流に逆らっているように聞こえることがあった。

「家臣が主君に刃を向けて御家が成り立つと思うか、仮に主君に非があろうとも、それを正すのが家臣の務めであろう」

「しかし、いまの幕府にそれだけの値打ちがありましょうか」

「あるかないか、いま一度、武士として澄んだ心で見つめてみられるがよかろう」

そういうときの本左衛門は論議を楽しむだけで、決して折れることはなく、私見はそれが絶対であるかのように正しかった。家族に対しても、妻のあり方はもちろん、子のあり方、女子のあり方、そして弟のあり方までが本左衛門によって決められ、そこから少しでも外れることは許されなかった。あるいはうねもそういう父親に反発し、すすんで去っていったのではなかろうか。いまでも与五六はそんな気がしている。

(ともかく……)

与五六はひとつ太息《ふといき》をつくと、気合いを入れて起き上がった。

（まずは飯を食べ、ゆっくりと湯に浸《つ》かろう）

明日のことは、それからじっくりと考えるしかないだろうと思った。

二

うねが生まれたとき、与五六はちょうど三十歳だった。すでに婿入りは諦《あきら》め、よほどの幸運に恵まれぬ限りは部屋住みとして一生を送ることが決まっていた。そのとき与えられた部屋は納戸《なんど》同然の三畳の板の間で、いまもそこに寝起きしている。若いころを過ごした部屋は二十四歳のときに本左衛門の嫡男の本次郎《ほんじろう》のものとなり、その後を過ごした六畳の間はうねのものとなった。兄夫婦にもうひとり子が生まれていたら、それこそ納戸へ移されていただろう。

部屋は野木家における人間の値打ちをそのまま表わすものでもあった。最も狭い板の間へ追いやられた与五六は、赤子のうねよりも下に置かれ、下働きの女中よりはいくらかましというだけの存在になった。女中のように目立たぬことを求められ、いるのかいないのか分からぬことをよしとされた。食事もそのころから一家とは別に取らされ、用事がなければ本左衛門に呼ばれることもなくなった。

役目といえば裏庭の先に続く畑で野菜や芋を作ることで、取り立てて用事がなければ日のあるうちはほとんど畑で過ごし、来る日も来る日も何かを作り続けた。お蔭で、いまでは刀よりも鍬《くわ》が手に馴染《なじ》むほどである。顔は日に焼けて黒くなり、指の節が驚くほど太くなった。けれども、ほかに穀潰《ごくつぶ》しの身にできることはなく、少なくとも野木家の蔬菜《そさい》は自分が賄《まかな》っているという、誇りとも慰めともつかぬ微かな満足だけが与五六を支えてきた。

「おじさまはどうしてこんなところに住んでいるの」

ひとりで走り回れるようになると、うねはときおり与五六の部屋へきてそう言った。

「お百姓さんなの」

「いや、そうではないが、野良仕事が好きなんだよ、おいしい大根や胡瓜《きゅうり》をみなに食べてもらいたくてね」

与五六が返答に困って言うと、うねは本当にそう思ったらしく、それからしばらくはその日に食べた間引菜《まびきな》がおいしかったとか、茄子《なす》は嫌いだから作らないでほしいとか、いちいち報告にきた。そしてこっそりと御八《おや》つの団子を運んできたりもした。

優しい子だったこともあるが、与五六がうねを好きになったのは、野木家でただひとり自分にまともに話しかけてくれる人間だったからである。

たしかうねが十歳のときに、与五六は夏風邪をこじらせてしばらく病臥《びょうが》したことがある。うねが女子塾へ通うようになり、留守がちになったこともあって、四、五日は誰も与五六の病に気付かず、医者も呼んでもらえなかった。やはり女中のすてがひどい風邪を患い、一家の注意は日々の賄いのことに向いていたのである。本左衛門は自分の次に大切な妻女に事細かに指図する一方で、すての代わりを探すのに夢中で、結局、衰弱しきった与五六を見つけたのはうねだった。

「おじさま、ごめんなさい」

うねは干《ひ》からびた与五六を見て、それは青くなった。

「忘れていたわけじゃないの」

うねにも何かしら事情があったのだろう。だがそのことがあってから、うねはますます与五六に近付くようになった。ふたつ三つ歳が嵩《かさ》み、女子《おなご》らしくなると、本左衛門は与五六の部屋へ行くことを禁じたが、うねは本左衛門の留守中には構わずにやってきた。

「雨でおじさまも退屈でしょうと思って……」

そういうときのうねは、わざと悪戯《いたずら》な顔をして与五六の気分を明るくしてくれた。与五六の部屋には火鉢もないので、冬には生姜湯《しょうがゆ》を運んできたり、春になると一朶《いちだ》の梅をむさくるしい部屋の隅に活《い》けてくれたりもした。

「うねは、きっといい嫁になるな」

与五六は本当にそう思っていた。だから高須蔵人との縁談があると知ったとき、与五六はとうとうそういう時期が来たかと嬉しく思う一方で、誰よりも淋しかった。

うねは蔵人との縁談を快く思っていたようだし、生涯を託すに足る人と見極めていたようでもある。それは当時のうねの顔にも、与五六に時局を語る言葉の端にも表われていた。

うねは塾へ通うようになってから、少しずつ世界を広げたようで、与五六に諸外国の動静や幕政について密かに話すことがあった。与五六は世の中がどうやら変わりつつあることをうねの言葉からも知ったが、以前にも同じようなことを耳にしていたので、うねの言うことは叔父・姪の垣根を越えて案外にたやすく理解できたのである。

与五六がはじめて家中に尊王攘夷の思想があると知ったのは、いまから五年ほど前のことで、あるとき畑の隅にある木立の根元で休んでいたときだった。すぐそばの野路を二人連れの若い武士が通りかかり、誰もいないと思ったのだろう、立ち止まり声高に議論をはじめたのである。身なりや言葉からすぐに軽輩と分かったが、議論の中身は予想もしないことだった。与五六は、家に帰れば自分と同じように野良仕事もする彼らが堂々と天下を論ずることに驚き、年甲斐《としがい》もなく血が騒ぐのを感じた。

「いずれ国は変わり、人も変わるぞ、あるいは身分もなくなるかも知れんな」

そのとき若者のひとりが言った言葉を、与五六はいまでも覚えている。

その後もいくどかそういうことがあって、与五六は少しずつ彼らの考えに興味を持ちはじめた。注意して耳を澄ますと、野木家の客間からもそういう論議は聞こえてきた。そうしたときの与五六は、本左衛門の考えは分かっているので、客の声に耳を澄まし、少しでも新しい考えを学びとろうとした。うねは女子に似合わず国情に詳しく、あるいは与五六が知らな過ぎたのか、しばしば驚くような話を聞かせてくれた。

「京で志士狩りがはじまったそうです」

「志士狩り？」

「はい、井伊《いい》の股肱《ここう》の仕業です、梅田雲浜《うめだうんぴん》どのをはじめ続々と捕えられているそうです」

うねはそういう情報を親しい塾生から仕入れていたらしい。当然のことながら塾生の中には志士の妹もいたのだろう。

京で志士狩りがはじまった翌年、大砲方の高須蔵人との間に縁談が起こり、うねはその名を聞いて喜んだが、十月になって幕府に捕われていた福井藩士・橋本左内《はしもとさない》や長州の吉田松陰《よしだしょういん》らが死罪になると、蔵人は一方的に縁談を破棄して脱藩した。

高須蔵人が弟に家督を譲り、脱藩したと知ったとき、与五六はやはりそうだったのかと思った。うねが喜んだのは蔵人が志を同じくする志士と知っていたからで、果たして翌朝にはうねの姿も消えていたのである。

翌春、攘夷派の水戸浪士らが大老・井伊直弼《なおすけ》を暗殺、今年の五月には高輪東禅寺《たかなわ》の英国公使館を襲撃した。それだけ世の中には堂々と幕府に刃向かう力が溢れてきたらしい。

（やはり兄上は間違っている……）

与五六は宿の湯に浸かりながら思った。

（うねは自分の意志で出ていったのだ……）

高須蔵人を生涯の夫と定め、追蹤《ついしょう》したに違いない。だとしたら蔵人を斬るのは筋違いで、斬るとすれば家名を汚したうねだろう。本左衛門はうねの命を助けるために問題をすり替え、おのれの満足のために蔵人を斬れと言ったのではなかろうか。

だが与五六にとって当主である本左衛門の命令は絶対であり、少なくともうねを連れて戻らなければ、野木家で生きてゆく道はもちろん、人として存在する値打ちすらなくなるだろう。

三

翌朝、女中の足音に目覚めた与五六は、朝餉《あさげ》をとるや、一宮を発っておよそ一里の道を一《ひとつ》松村《まつむら》へ向かった。本左衛門の話では、そこに蔵人とうねが暮らしているはずだった。

大気は冷えていたが、真っ青な空からはすがすがしい秋の陽がそそいでいる。

(それにしても……)

故郷の野路とさして変わらぬ道を歩きながら、与五六は蔵人とうねはなぜこんなところに暮らしているのだろうかと思った。あたりの景色があまりに長閑《のどか》で、勤王の志士が志を遂げる場所とは思えなかったのである。

そもそも一宮は講武所総裁から奏者番《そうしゃばん》へ昇った幕閣・加納《かのう》備中守久徴《ひさあきら》の根城であり、その意味では国の中荻野村にいるのとあまり変わりはない。与五六は歩くうちに、あるいは本左衛門が得たのは偽の情報で、蔵人もうねも一松にはいないのではないかと思った。

二人がいないことを半ば期待し、半ば恐れながら、やがて一松村へ入ると、与五六は村役人の宇兵衛《うへえ》という男を訪ねて、正直に姪夫婦を捜していると言った。蔵人もうねも名を変えているだろうが、郷士《ごうし》でない侍夫婦がいたならそれが二人だろう。いなければ村をくまなく検分して帰ればいいし、念のために宇兵衛に一筆したためてもらえば、それで本左衛門への言いわけも少しは立つはずだった。

ところが、内心いないことを祈りはじめた与五六へ、宇兵衛は意外にもあっさりと二人の居所を明かした。

「高須さまなら社裏《やしろうら》の空家に住んでいらっしゃいます、ご案内いたしましょうか」

「いや、親切はありがたいが……」

道を教えてくれれば、あとはどこぞで酒でも求めて勝手に参るゆえと言って、与五六は案内を断わった。けれども、それなら酒の買えるところへご案内しましょうと、宇兵衛は万屋《よろずや》という看板もない店までついてきた。

与五六は仕方なく酒を五合ばかり買って、そこで宇兵衛と別れた。それから宇兵衛に聞いた道を鎮守《ちんじゅ》の森を目指して歩いた。歩きながら、宇兵衛があなたさまも夷人《いじん》を退治に来たのかと言ったことを思い出していた。

「何かあって九十九里の浜から攻めてこられたら手の打ちようがありません、何しろだだっ広いだけで、浜にはまともな大筒《おおづつ》ひとつねえところですから」

村役人の宇兵衛が漠然と理解している高須蔵人は、攘夷の志士であって勤王家ではないらしかった。そしてそれはもしかすると一宮藩が蔵人に領内での自由を与えている理由でもあるように思われた。いずれにしても土地のものは蔵人に好感を抱《いだ》いているらしい。

与五六はともかく二人の所在と暮らし振りを確かめ、それからまずはうねに会おうと思った。蔵人をどうするかは、うねから事実を聞いてから決めるしかないだろう。

(兄はためらわずに斬れと言ったが……)

与五六にはいくら考えても人ひとりの命を奪うことがそれほどたやすくできるとは思えなかった。たとえ大人と子供ほどの腕の差があるとしても、本左衛門の命令というだけで斬れるものではない。ましてや、そうしなければならぬという使命感も、正直なところ与五六は持ち合わせていなかった。

鎮守の森は村の海寄りのやや小高いところにあって、田畑と荒地を貫く道を五、六町も歩くと、心なしか微かな潮の香りがした。黒松と羅漢松《らかんしょう》の森は穏やかな光に包まれ、その周りを千草の茂る小路が囲んでいる。与五六は森の入口まできて右へ行くか左へ行くか迷ったが、左手の畑に人影が見えたので右へ行くことにした。道は弧を描いて森を一周しているようだった。

果たしてしばらく歩くと、森の後方に草葺《くさぶ》き屋根の百姓家が見えた。家は小路から十間ほど外れたところにあって、ほかに人家は見当たらなかった。

与五六は小路に立ち止まり、しばらく家のようすを眺めていた。そこから暗い家の中までは見えなかったが、出入口のあたりに小柄な人影が見えている。人影は軽衫《かるさん》のようなものをはき、竹箒《たけぼうき》で地面を掃いてい、与五六の姿はまだ視野に入っていないようだった。

「痩《や》せたな……」

与五六は口の中で呟《つぶや》いた。

ようやくこちらに気付いたらしく、人影が驚いたように顔を上げると、与五六はその場で笠を取った。

うねは信じられなかったのだろう、しばらく与五六を凝視してから、不意にうなだれるように辞儀をした。

四

「痩せたようだな」

与五六が見つめると、

「いろいろとございましたから」

うねは小声で言って、うつむいた。

「おじさまにもご迷惑をおかけして……」

「わしのことなら気にせずともよい、どうせ役立たずの老いぼれだ、こうしてうねの顔が見られただけでもよかったと思っている」

与五六は茶を馳走になると、うねの窶《やつ》れて色も黒くなった顔へ微笑みかけた。蔵人は一松から北へ二里ほど離れた牛込村《うしごめむら》へ出かけていて、帰りは夕方になるということだった。

「うねのことだから、よくよく考えてしたことだろうとは思っていた」

「……」

「ただ兄上がわしを寄越した気持ちも分からぬではない、親なら当然のことだろう」

「はい」

「ともかく、わしにも分かるように、ここに至るまでの経緯を聞かせてくれぬか」

そのうえで高須どのにもお会いしたい、と与五六は言った。すると、うねはゆっくりと面《おもて》を上げて与五六を見た。

「その前に、どうしてここがお分かりになったのか、教えていただけないでしょうか、高須の命に関ることかも知れませんので……」

そう言った声も顔も夫の身を案じる妻のもので、与五六は改めてひとりの女子になったうねを感じながら、本左衛門が人を介して国許の勤王派から聞き出したことや、一松では村役人の宇兵衛が住まいを教えてくれたことなどを話した。黙って聞いているうねは一段と思慮深くなったようで、当然のことながらむかし与五六の部屋へ遊びにきたころのような無邪気な笑顔は見られなかった。

「そうですか、山本伊之助さまが……」

とうねは聞き終えて呟いた。何か思い当たることがあるのか、吐息を洩らしたうねへ、

「わしが知っているのはそれだけだ」

と与五六は言った。

「うねが去ってからというもの、人と話すこともなくなり、国許で何が起きているのかもよく分からぬ始末でな」

「……」

「国を出て旅をするのも、この歳ではじめてだし、中身はまるで子供のようなものだ」

「そのようなことはございません、おじさまは世の中の流れにその手で触れる折がなかっただけで、本当は世の中のことも人のことも誰よりもよくお考えのはずです」

「それはどうであろう」

「うねには分かります、中荻野の家で国情について心置きなくお話できたのはおじさまだけですもの」

うねはそう言うと、はじめてひっそりと笑った。与五六は内心うねの言葉に戸惑いながら

も、そう言えばそうだったなと思った。ただ当時もいまも、与五六にとっては籬《まがき》の内側から遠い山を眺めているようなものだった。

世の中が変わりつつあるように見えるのは間違いないが、外寇《がいこう》の兆《きざ》しがなければ何も起こらなかったような気もする、これから本当に変わるのかどうかも分からない。長い歳月をかけて培《つちか》われ、定められた世の中の仕組が一変するとしたら、自分のようにちっぽけな人間が関ることではないだろう。

開国を決めた大老を暗殺したのはただの暴徒であって、夷人を恐れるあまりの軽挙であったかも知れない。あるいは勤王も単なる攘夷の裏返しで、倒幕のための旗印かも知れぬだろう。俄雨《にわかあめ》が去ってみたら、結局は逆臣として葬られるのが落ちではないだろうか。

うねのことにしても、分かっているのは高い志を持っているというだけで、女子の身で何をするつもりなのかは見当もつかない。

「正直なところ……」

与五六は冷めた茶をすすって言った。

「何やら水の中にいるようで物事がよく見えん、だからわしにも分かるように話してもらいたい、まず、うねと高須どのとはどういうことになっておるのかの」

「夫婦でございます」

うねは即答してから、わたくしがお願いして妻にしていただきましたと付け加えた。

「父は知らなかったようですが、縁談があってから間もなく高須は脱藩を決めました、以前から高須のことはある人から聞いておりましたので、わたくしもうすうす高須の考えには気付いておりました、でも一生を託す御方と心に決めておりましたので跡を追ったのでございます」

それに、とうねはちらりと与五六の眼を見て続けた。

「おじさまなら、きっとお分かりいただけると思いますが、高須は父と違い、人を人として見られる男でございます、身分や禄《ろく》にこだわらず人そのものを見ることのできる、そういう御方の妻になりたいと、わたくしは常々願っておりました」

「しかし、父母を見捨てるのはどうかな」

「捨てたとは思っておりません、考え方の違いから、わたくしはすすんで険しい道を選びましたが、いつどこにいても父や母のことは案じております、ましてや父母がわたくしのことを案じていないはずがないことも承知しております、ただ潮の流れが大きく変わろうとしているときに、父のように山に籠《こも》って見ぬ振りをすることができなかっただけです」

「………」

「父はもう変わることのできぬ人です、野木の家を守り、兄上に跡を継がせる、ただそれだけが望みで、かつてない危局に眼を向けようとはしません、一万一千石の御家そのものが時代の大波に呑《の》まれるかも知れないというときに、軍学者でありながら本心では息をひそめて乗り切ろうとしています、海防についても高須のほうが遥かに新しい知識と考えを持っているでしょう」

すらすらと話しはじめたうねの口元を、与五六は不思議なものでも見るようにじっと見つめていた。そこから流れ出る言葉が女子のものとは思えぬことと、それに比べ確固たる信念も意見もない自分が恥ずかしく思われてならなかった。五十年も生きてきて、これから世の中が変わるかも知れぬというのに、自分には何もないような気がした。

無為無腸であることが突然、罪深いことのように思われ、与五六がうなだれるのへ、

「それだけではありません」

うねは一息に続けた。

「父が高須との縁談をすすめたのは、わたくしのためではなく高須がこつこつと蓄えてきた鋳砲の知識が欲しかったからです、しかもそれは、残念ながら軍学者としてのご自身の立場をよくするためであって、国難に対処するためではありませんでした……わたくしが高須を慕い、ついてゆこうと決めたのは、そういう父とはまったく逆に国の行く末を案じ、身命を抛《なげう》って国のために尽くそうという志に共鳴したからにほかなりません、ひとりの男子として見たとき、高須は敬慕するに足る御方です」

「うねは……いったい、いつからそのようなことを考えていた」

「浦賀に黒船が来て、長州に相模《さがみ》の警護を頼るようになってからです、子供心にももはや譜

代だ外様《とざま》だという時代は終わったと思いました。遥かに大きな敵を前にして内輪揉《うちわも》めをしているときではないと思ったのです」

「……」

「外夷の攻撃を受けたときには、そこがいずれの地であろうとも国の総力を挙げて守らなければなりません、あるのは日本という国と外国であり、武士も町人もみな日本人だということです」

「日本人……」

「はい、おじさまもわたくしも、大名も百姓も、徳川も長州も、みな日本人です」

「しかし、なにゆえ志士は郷里を捨てねばならん」

「国許にいては、大なり小なり、お役目や御家の定めに縛られて時局の変化に即応することはできません」

言われてみればその通りで、与五六などは藩の規則以前に、本左衛門の許しがなければ何ひとつ自由にならなかった。たとえ藩士といえども、まずは自身を桎梏《しっこく》から解き放たなければ、結局は藩論に従い、傍観することになりかねない。

高須蔵人は脱藩後、京から江戸へ回り、諸藩の攘夷派と接触してきたという。結果、長州と深交を結び、その指図でいまは九十九里の浜に砲台場を作るために奔走している、とうねは言った。彼のような孤高の志士は各地にいて、安政の大獄を境に京を離れたものや、あるいはその後脱藩したものが攘夷を呼号し、撃退の準備をすすめているらしい。藩主が幕閣とはいえ海防に不安を持つ一宮藩は蔵人の活動を黙認し、密かに援助しているともうねは言った。

「すると、何か……」

与五六は内心、愚問に違いないと思いながら訊《たず》ねた。

「幕府が仲よくしろと言っている夷人は、実はみな敵か」

「そうとばかりは言い切れませんが、かつてエゲレスが清国の上海《シャンハイ》を攻めたように、思い通りにならなければ戦を仕掛けてくることは十分に考えられます」

「幕府が条約を結んだと聞いたが……」

「脅されて仕方なく結んだ不利な条約です」

「脅されて屈従した相手に、戦って勝てるのか」

「分かりませんが、黙って恭順《きょうじゅん》するよりはましでしょう、このまま幕府に任せていたらどこぞの国の属国となるやも知れません」

「長州は頼りになるのか」

「いまのところ最も頼りになります、いずれ松門《しょうもん》の志士らも決起するでしょう」

「松門？」

「吉田松陰先生の門下です、高須も少なからず関っております」

うねはそこまで言うと、不意にすがるような眼で与五六を見た。

「高須にとっても国にとっても、いまが大切なときなのです、どうかお見逃しください」

「……」

「おじさまが訪ねていらっしゃったわけは分かっています、父の命で高須を斬りに来たのでございましょう？」

「……」

「ですが、それは見当違いです、高須の跡を追ったのはわたくしの意志であって高須の罪ではありません、父のことですから、そうした言いわけは叶《かな》わぬでしょうが……」

「案ずるな」

と与五六は言った。

「いきなり斬り付けるような真似はせん」

だが、うねの顔に安堵《あんど》の色は少しも表われなかった。むしろ顔色を曇らせ、うねは苦しげに嘆息した。

「父は身勝手な人ですから……ご自身の名誉のためには身内を不幸にすることも辞さぬ人でございます、それはおじさまが一番よくお分かりのはずです」

「どういうことだ」

与五六には何のことかさっぱり分からなかった。本左衛門は野木家の当主であると同時に兄としても敬うべき存在である。しかも穀潰しの弟を養い、決して親身とは言えぬまでも面倒を見てきた。与五六から見ればそういう兄を、うねはまるで与五六が憎んでいるかのような言い方をした。

「あのとき縁談がまとまっていれば、おじさまのその後も違っていたでしょう」

「縁談？」

「はい、作事方の平野《ひらの》家との縁談です、十年ほど前に当主の又右衛門《またえもん》どのがお亡くなりになり、幼子を抱えたまま寡婦となられた鈴江《すずえ》どのとの間に縁談があったと聞いております」

「まことか？　兄上はわしには何も言わなかったが……」

「父がお断わりしたのです、おじさまにはとてもよいご縁でしたのに……」

「しかし、なぜ……」

「鈴江どのはまだ三十路《みそじ》前の美しい御方でした、家は微禄ながらも内福で、そのために再縁のお話は数多くあったそうです、父はおじさまが自分よりも幸せになるのが許せなかったのだと思います」

与五六は呆然とした。すると兄上は厄介ものを追い出すよりも抱えるほうを選んだのかと思った。うねの言う通りだとしたら、本左衛門は弟の不幸を望み、部屋住みの哀れな姿を眺め暮らすことで自身の幸福を高めようとしたのかも知れない。

（それにしても……）

何と心の狭い人だろう。弟を生涯給金のいらぬ奉公人とでも思っているのだろうか。それとも弟が独立し、やがて軍学者として頭角を現わすのを恐れたのだろうか。

与五六は頭がくらくらとした。

五

たしかに本左衛門には嫉妬深いところがあった。子供のころには父母の情愛をいくらか余分に集めていた与五六に嫉妬し、それがもとで喧嘩《けんか》になることがあった。そうしたときの本左衛門は、父母の前ではいったんおとなしくなるが、忘れたころになって与五六を人目の届かぬところへ連れ出し、仕返しをしたのである。

けれども年子の二人に大きな体力の差はなく、兄が弟を負かすと決まっていたわけでもなかった。

あるとき与五六は本左衛門に誘われて釣りに出かけた。だが釣り場へ着いてみると、本左衛門は前日与五六が何気なく口にしたことを持ち出し、いきなり喧嘩をしかけてきた。

「おまえはおれを馬鹿にしているのか、少々父の覚えがよいからといって兄を侮《あなど》ると承知せんぞ」

そう言うと同時に拳が飛んできて、与五六はわけも分からぬうちに岩場に倒れていた。

「わたくしがいったい何をしたというのです」

兄の怒りの源を知るのは、大抵は殴り合いが済んだあとで、本左衛門が勝てば捨て台詞《ぜりふ》のように言うし、与五六が勝てば本左衛門の涙声を聞き取るしかなかった。そしてその源は与五六にすれば考えもつかぬ些細《ささい》なことだったのである。

「弟のくせに、でかい面《つら》をするな」

突き詰めるとそういうことだった。

ある年の冬には、与五六の目の前で庭木から垂《しず》れが本左衛門の上に落ちたというだけで喧嘩になった。与五六がそれを笑ったのであればともかく、ただ見られたというだけで本左衛門は腹が立つらしかった。業腹の原因が何となく分かったのは本左衛門が元服し、軍学者として父の跡を継ぐと決まってからだった。そのとき本左衛門は眼を輝かせてこう言った。

「野木の家はおれが継ぐ、当然のことだがな」

与五六はその言葉を聞きながら、すべてはそこへ辿《たど》り着くためだったのかと思った。父から学んだ北条流の軍学は与五六のほうが理解が早く、あるいは自分が跡を取るのではないかという密かな期待があった。逆に本左衛門は与五六を恐れていたのだろう。喧嘩の原因は利発な弟の存在を恐れた嫡男の本能的な防衛手段だったのかも知れない。だが結局は僅か一歳の歳の差で家も学問も跡取りは本左衛門に決まり、そのときを境に、与五六は軍学に対する興味も漠然と心に抱いていた将来の夢も失っていった。

（最後に口答えしたのは……）

父が死に、当主となった本左衛門が与五六に野良仕事を命じたときだった。世間の習いからいって分《ぶ》は明らかに本左衛門にあり、与五六は穀潰しの烙印《らくいん》を押されたのである。以来、百姓とさして変わらぬ暮らしに甘んじてきた。そして気が付いたときには、幼い姪に聞かねば国情すら分からぬ人間になっていたのである。

（それもこれも宿命だろう……）

と与五六は思っていた。当主である兄に従うことは野木の家を守ることでもあり、それが次男としての務めだと思った。そう思わなければ昼間は野良仕事に精を出すことはできなかったし、夜は悶々《もんもん》として疲れた体を休めることもできなかったに違いない。それは与五六がいつしか自然と身に付けた部屋住みとしての心構えでもあった。

だが弟の縁談まで握り潰す権利が本左衛門にあるのだろうか。だいいち兄として弟の幸福を願う気持ちは欠けらもなかったのだろうか。

与五六がしばらく考え込んでいると、

「おじさま、お茶を……」

とうねの声が聞こえた。いつの間に立ったものか、うねは淹《い》れ直した茶を運んできた。

「うねは……」

言いかけて、与五六ははじめて姪の腹が少し膨らんでいるのに気付いた。さりげなく眼を伏せて眺めると、体は痩せているのにその部分だけがふっくらとしている。

（そなたに任す……）

不意に本左衛門の冷ややかな声が脳裡をよぎり、与五六はうろたえたが、うねの腹には気付かぬ振りをして続けた。

「うねは、まこと幸せか」

「はい」

「そう言い切れるか……」

「うねが思いますに、人にはそれぞれの生き方がございます、わたくしが高須を追って家を出たのも、軍学者でありながら父が個人の保身にこだわるのも、人それぞれに物事の値打ちが異なるからにほかなりません、何を幸せに思うかは、その人の目指すものしだいでございましょう」

「目指すもの……」

久しく忘れていた言葉に、与五六は胸を突かれた思いで繰り返した。何かを目指したことがあるとすれば、それは遠いむかしのことである。

「ただし、いまはひとりでも多くの人が国のことを考えるべきときかと心得ます」

「……」

「決して命が惜しくて言うのではありません、高須がいずれどこかで落命したとしても、それは志士の宿命と覚悟いたしております、ただ、できることなら志に向かって走りながら死なせてやりたいのです」

うねの一言一言が、まるで雨の日の畑のようにじくじくとした与五六の胸に突き刺さるようだった。叔父姪の立場が逆転し、自分が子供になったような気もした。

与五六は何かに魅入られたように、じっとうねを見つめた。日に焼けて肌は薄黒くくすんでいるが、切れ長の眼が静かに光り、うねは輝いて見えた。

六

「すると、どうあっても国へは帰らぬつもりか」

「申しわけございません」

うねはそう繰り返すばかりだった。予想していたことだが、うねはすでに自分というものを持ち、人に帰属するとしても相手は本左衛門ではなく高須蔵人でしかなかったのである。そして当然のことながら、そういううねといくら話し合ったところで結論などでるはずもなかったのである。

そうこうするうちに日が暮れて、戸締まりを終えても蔵人は帰宅せず、与五六は仕方なく出直すことにした。蔵人を斬らず、うねも連れて帰らぬでは本左衛門が納得しまい。だが身《み》籠ったうねを強引に連れて帰るのは、待っている世間の中傷や母子の行く末を思うと気がすすまなかった。

（いずれにしても……）

うねのことはもちろん、自身のこともしかと考えるべきときがきたらしいと与五六は思っていた。

土間に屈《かが》んで草鞋《わらじ》の紐を結んでいると、

「おじさま、ごめんなさい」

うねが言い、与五六は小さくうなずいた。うねの声には国許から困難を背負ってきた叔父に対する詫びが込められていた。

立ち上がり振り返ると、うねは提灯《ちょうちん》を差し出し、お気を付けてと言った。うっすらと涙をにじませた眼が提灯の灯に輝き、きれいになったな、と与五六は思った。

（しかし……）

仮にうねがすすんで帰ったとしても、兄は子を始末するだろうとも、与五六は冷えてきた夜道を歩きながら考えていた。そのことは当然うねも危惧しているだろう。あの兄が脱藩者の血を許すはずがない。本左衛門にとって、人は自分の役に立つものとそうでないものの二通りしかないのだから。

（ならば、おれはどうすれば……）

いったい五十にもなってそんなことも分からぬのか。いつしか情けなさを通り越し、自分に腹を立てながら、与五六は人気《ひとけ》のない暗い道を歩き続けた。

どっと旅の疲れが出たらしく、一宮の宿へ戻ると、

「飯をくれ」

与五六は腹だけ満たし、湯も浴びずに夜具の中へもぐり込んだ。

（やはり蔵人を斬るわけにはいかない……）

それだけは道理からいって明らかだった。蔵人には柔弱な幕府にかわり外敵から国を守り、いずれは帝の下人《しもびと》として国事の一端を担《にな》うという大志がある。そしてうねには妻として夫を支え、母として子を守る気持ちもあるだろう。本左衛門の私欲のために、二人のこれからを奪うわけにはいかない。

そこまでは分かるものの、ではどうするとなると、やはりこれといった妙案は浮かばず、悶々として時を過ごすうちに夜が明けてしまい、与五六は短い眠りから覚めるや、朝餉をもらい、身支度をした。

（頼りない叔父、役立たずの門立《かどだち》……）

いまにも聞こえてきそうな非難の声に追い立てられて、どうする当てもなく再び一松村へ向かった。

外は与五六の思いとはかけ離れて、すがすがしいほどの秋日和《あきびより》だった。潮騒《しおさい》が連れてきた

ような青い空から、陽は黒松の木立を洗うかのように降りそそいでいる。故郷のそれよりも樹皮が黒く、葉の硬い松は、野路へ出ると林となり、潮風から田畑を守っているらしかった。風下に枝を曲げながらも負けじと押し立つさまは剛強な感じさえする。

(比べて、このおれは……)

せめて叔父らしいことのひとつでもできれば、どんなにうねは喜ぶだろうか。重い足をひきずりながら鎮守の森まできたとき、与五六は不意に心の臓に激しい痛みを感じて立ち止まった。きりきりと締め付けられるような痛みは、しばらくじっとしていれば不安とともに消えるはずだったが、いつになく激しい痛みだった。

(くそ、いよいよ駄目か……)

いやな予感がして、息を継ぎ継ぎ茂みの中へ入り横になっていると、ややあって妙な話し声が聞こえてきた。

「よいな、誘《おび》き出して一気に片をつける、女にはかまうな」

聞き取れたのはそれだけだったが、男の声には国訛《くになま》りがあった。しかも葉陰から声のした小路のほうを覗《のぞ》いてみると、旅装の武士が四、五人、刀の柄袋を外しているところだった。

(まさか……)

与五六はそろそろと引き返すと、小路を男たちとは逆の方角へ走り出した。自分と同じ国訛りといい、物騒な物言いといい、本左衛門が刺客を放ったか、あるいは何らかの理由で藩が蔵人の始末に乗り出したとしか思えなかった。

片手できつく胸を押さえ、小刻みに息をしながら、与五六はよろよろと老馬のように駆けた。ときおり心の臓に骨が突き刺さったような激痛に襲われたが、死んでもいい、うねのために蔵人を助けなければと思った。

うねの家の裏は深い竹林になっていて、与五六が森を迂回《うかい》して裏庭へ出たときには、ちょうど蔵人らしい男が玄関の土間へ下りようとしていた。

「出るな、罠《わな》だ」

与五六は小声で叫び、土足のまま開け放たれた座敷へ上がった。それから蔵人にはかまわず、うねの姿を探した。うねは土間の台所にいて、おじさま、と目を見張った。

「逃げろ、表にいるのは刺客だ、あとはわしが引き受ける」

「………」

「早くせんか、うねは身重ぞ」

与五六が言うと、蔵人は驚いたようにうなずき、うねに目配せをした。

「しかし、おひとりでは……」

「老いぼれだが、まだ少しは遣える」

「やはり、それがしも……」

蔵人が言いかけたとき、表戸を激しく叩く音がして与五六は迷わず抜刀した。

「行け、うねを頼むぞ」

「おじさま」

咄嗟《とつさ》に袖にしがみついたうねへ、与五六は引きつる顔で笑ってみせた。

(幸せにな……)

それがこの世でただひとり自分を大切に思ってくれた姪への精一杯の餞《はなむけ》だった。

「いや、一緒に逃げて!」

取りすがるうねを蔵人へ押しやり、与五六が両袖を引きちぎるのと、表戸が蹴破《けやぶ》られるのが同時だった。

「どけ、じじい」

抜刀し猛然と踏み入ってきた男たちに向かい、与五六は無我夢中で雄叫《おたけ》びを上げた。

頭上から射し込んでくる秋の陽があまりに澄み切っていて、竹が匂うようだった。思っていたよりも遥かに広い竹林には道らしい道もなく、樹海のように深閑としている。その静けさが育《はぐく》むのだろう、竹には瑞々《みずみず》しい新葉が茂り、与五六が起こす微かな風にも揺れている。

あれから小半刻は持ちこたえただろうか、どうにか刺客のひとりを斬り伏せ、ひとりに傷を負わせると、与五六は隙《すき》をみて竹林へ逃げ込むことができた。けれども若い刺客が二人、五町は来たであろういまも執拗《しつよう》に跡を追ってきている。与五六を捕えて蔵人の行く先を白状させるつもりか、あるいは仲間を斬られた仕返しをするつもりだろう。

若く力強い足音は徐々に迫ってきたが、与五六は振り向かずに走り続けた。

（おれは死なんぞ……）

そう走りながら思っていた。

（まだやることがあるんだ）

刺客と斬り結ぶうちに、与五六は急に死ぬのが恐ろしくなった。こんなところで死んだら、おれの一生はただ生まれてきて死ぬだけで終わってしまう。老いて患い、先の見えた命を失うことよりも、何もせずに死んでゆくことが堪《たま》らなく恐ろしくなったのである。

生きるか死ぬかの瀬戸際にきて、そんな悠長なことを考えているゆとりはなかったはずが、なぜかそのことばかり考えていたような気がする。言い換えれば、若いころに心の奥に押し込めたまま忘れてしまったものが突然に芽吹いたような気分だった。

同じ死ぬのであれば、遠からず変わるであろう国や人間を見てからにしたい、それが無理なら、せめて変える側の人間として死にたい。兄の本左衛門に翻弄《ほんろう》されてきたと思うのは間違いで、自分が本左衛門や家にしがみついてきたのだとも思った。たとえ帰る家や故郷がなくとも、うねの眼は輝いていたではないか。

（死んでたまるか……）

いつしか方角も分からなくなりながら、与五六はひたすら走り続けた。竹林は一向に果てるようすがなく、依然として透明な日の光と新葉が視界を埋めている。だがその光の中に、ぼんやりとながら道は見えてきたように思われた。

(そうだ……そうだ……)

刺客の荒い息遣いが背後に迫るたびに、与五六は歯を食いしばり、千切れんばかりに腕を振った。疲れ果て、力はとうに尽きたはずが、

(京へ行こう……)

そう思うと、息も切れなかった。

病葉

一

こっそりと屋敷の裏門をくぐると、多一郎《たいちろう》は抑えていた息を大きく吐《は》き出した。外は冷え冷えとして秋の暮色に包まれている。

長い土塀に挟まれた通りには人の往来が絶えて、誰かに見咎《みとが》められる心配はない。素手で水を摑《つか》むような不確かな安堵を覚えながら、多一郎はこれでまた一晩は解放されると思った。

「母上、また少々お願いしたいのですが……」

夜遊びの金を無心した多一郎に、千津《ちづ》は困り果てた顔をしながらも金を出した。いつもそうである。どうせ出すのならにっこりと笑えばいいものを、思わせぶりに顔をしかめてみせるのは千津の策略だろうと多一郎は思っている。千津は僅か三歳年上の、二十二歳の継母《けいぼ》だった。

（だいいち……）

金はあるはずだと、多一郎は勝手な勘定をしている。百五十石の家禄をいただく手塚《てづか》家にはそれくらいの金はあるし、普請奉行の父には八十俵の役料もある。仮に千津が家禄だけで一年を遣《や》り繰《く》りしているとしたら、なおさら金は貯まるはずで、手塚の家が内福であることに変わりはないだろう。

そもそも父の治左衛門《じざえもん》が千津を後妻に迎えたのは、多一郎の母が病で亡くなってから一年も経たぬ四年前のことで、そのとき千津の実家である生田《いくた》家には父から相当の金が贈られたという。千津は生田家の長女で、弟がいるにはいたが病弱で家を継ぐのはいずれ千津の婿になる男だろうと言われていた。しかも千津は佳人で婿入りを望む者は多くいたはずである。

（それがいつの間にか……）

千津の父親の生田嘉之助《かのすけ》が治左衛門の組子であることを除けば、どこからそんな縁談が持ち上がったのかも分からない。生田家がすすんで千津を差し出したようにも思われるし、治左衛門が強引に差し出させたのかも知れない。いずれにしても千津は十八で二回りも違う四十過ぎの男へ嫁したわけで、多一郎から見れば貧しい実家のために犠牲になったとしか思えなかった。

そんな千津が金のことで多一郎に意見できるはずがなく、弟のような継子《ままこ》を持て余すのは当然といえば当然だった。だが、いつかは多一郎が家を継ぎ、千津もその世話になるのだから、困り顔はいまのうちに恩を売っておくつもりでするのかも知れなかった。父の叱責がないのも千津がうまく誤魔化しているからだろうし、おとなしい顔をして案外手塚の家は千津が仕切っているようにも思われた。

（それとも……）

おれはもう蚊帳《かや》の外にいるのだろうかと、多一郎は夕闇の押し寄せてきた道を歩きながら思った。治左衛門と千津の間には幸太郎《こうたろう》という男子が生まれ、その三人が新しい手塚家を成していると言ってもいい。そうした実感は父が千津や幸太郎といるときの異様な親密さに原因し、しだいに家の中に自分の居場所がなくなってゆく疎外感を多一郎にもたらしてきた。

だがその輪に子として加わるには、多一郎は大人になりすぎてしまったらしい。亡母のせいつの記憶が鮮明なこともあって、若い千津を母と思うのはむつかしく、未だに父の妻としてしか見ることができない。ましてや夜更けに千津が治左衛門の寝間へ向かう足音を聞いたりすると、多一郎にとり千津はひとりの女でしかなかった。

いつだったか幸太郎に乳をくれている千津を見たときも、多一郎は母ではない千津を見ていたような気がする。広げた襟元から零《こぼ》れた胸は案外に豊かで、幸太郎の手よりも白いくらいだった。障子を開けたまま多一郎が立っていると、千津は落ち着いた声で何か御用ですかと言った。胸を隠すでもなく、多一郎が目の遣り場に困るのを見て、くすくすと笑った。

千津がいることで家の中が妙に濛々《もうもう》として息苦しくなり、そういうものから多一郎は解放されたかったのかも知れない。それでなくとも安逸をむさぼる身に若さは負担でしかなく、何の目的も見いだせぬ暮らしは退屈だった。あるいは自由が過ぎて、おのれの心の面倒からも逃れたくなったのかも知れない。そしてそのために覚えたのが、酒色という最も安易な逃げ道だった。けれども、一度、歓楽の味を覚えてしまうと、自分には自堕落な暮らしが何よりも向いているように思われた。

ずるずると放蕩を重ねたあげく、いまではもう家は幸太郎にくれてやってもいいとさえ思っている。それが将来、手塚の家が最もうまくゆく方法だろう。だが金だけは生涯決して困らぬようにしたいとも、多一郎は勝手な考えをしている。それくらいの見返りは当然の権利に思われたし、手塚家の家禄があれば人ひとりを遊ばせるくらいの余裕はあるはずだった。

(あくせく働いたところで……)

手塚の家格ではせいぜい奉行になれるのが落ちである。なればなったで世間や下役の目を気にしながら、清白を装って暮らさなければならない。そんな窮屈な暮らしはまっぴらだった。

屋敷町も外れ近くなると、行く手に町屋の火影が見えて、多一郎は体が生き返るような気がした。組屋敷の板塀に挟まれた道は暗くうそ寒いだけだが、町屋との境には明神社の杜《もり》と道を仕切る生垣があり、角々に辻行灯《つじあんどん》が灯っている。

一つ目の辻行灯を過ぎたとき、多一郎は自分とは逆の方角に歩いてくる町娘がいるのに気付いた。もっとも歩くというよりは上体を左右に揺らし、ほとんど立ち止まっているので、おもちゃの釣合人形のように見える。

多一郎が近付くと、果たして娘は両手で生垣の柵を摑んで通りに背を向けた。たしか数日前に見かけたときもそうだった。そうして人が来ると通り過ぎるのを待つのだろう、娘は片足がなく、着物の裾から足がわりの棒が出ていた。

（歩く稽古か……）

多一郎は、十四、五に見える娘のふっくらとした尻から膕《ひかがみ》のあたり、そしてそこからいきなり肉の途切れる下腿を眺めながら通り過ぎた。育ち盛りの体に、削って間もないらしい白い棒はやはり異質なものに見えて、柔らかそうな娘の体にも固い地面にもまだ馴染んでいないようすだった。

（それにしても……）

しばらくして振り返ると、娘は町屋の灯に背を向けて暗い道に揺れていたが、

（とんだ弥次郎兵衛だな……）

千津からまんまと金をせしめ、色町へ向かう多一郎の胸に浮かんだ感想はそれだけだった。

二

花房町《はなぶさ》の菊野屋《きくのや》は酒代は高いが、色里のほぼ中心にあって酌婦もかなりの人数を揃えている。薄暗い店へ入ると、土間には小さな飯台が所狭しと並んでいて、客は馴染みの女と差し向かいで飲むことができる。もっとも声をひそめなければ話は筒抜けになるので、隣が気になる向きには奥に十ほどの小部屋が用意されている。多一郎が着いたとき、土間はあらかた客で埋まり、咽《むせ》るような酒と化粧の匂いで溢れていた。

「お連れさまは、もうお見えですよ」

多一郎が女中に案内されてゆくと、遊び仲間の武井内蔵太《たけいくらた》と尾崎専弥《おざきせんや》が来ていて、早かったな、と声を揃えて言った。二人とも酌婦を侍らせていたが、まだ素面《しらふ》のようすで酒ははじめたばかりのようだった。

「それで、金はできたのか」

空《あ》いていた壁際に腰を下ろした多一郎へ、すかさず内蔵太が酒を注いで言った。内蔵太は旗奉行の、専弥は鉄砲頭の息子である。

「まあな」

と多一郎はぐいと盃を干してから、薄笑いを浮かべた。

「渋い顔をされたが、どうにか出させたよ」

「おれは叔母にまとめて借りてきた、出世払いということでな」

内蔵太が言い、専弥は、するとおれだけかと溜息をついた。専弥は三人の中では最も気が弱く、金がなくなると要領のいい内蔵太に借金をしながら遊んでいる。気弱にみえて案外したたかなのかも知れない。

「まあ、いいさ、金はあとでどうにでもなるが若さは一度きりだ、こうして遊べるうちが花だろう、なあ、おまつ」

「ええ、そうですとも、武井さまのおっしゃる通り、人生は一度きりなんですから」

おまつは内蔵太に酌をすると、今夜は思いきり楽しくやりましょうよと言って専弥にも酒をすすめた。それでもおまつは行儀のいいほうで、中年増《ちゅうどしま》の嬌羞《きょうしゅう》とでもいうものを備えているので、内蔵太はよくおまつを酒の相手にする。

多一郎は専弥の隣で置物のように黙っている若い女へ、酒の追加と肴を見繕いで持ってくるように言い付け、女が立つのを待って内蔵太に話を向けた。

「しかし、いつまでこうしていられるかな、いよいよ金の工面もむつかしくなってきた」

すると内蔵太は厚い唇を歪めて、よせ、よせと言った。

「そんなことを考えると酒がまずくなる、こう見えても、おれたちは物頭《ものがしら》の倅ぞ、継ぐ家もあれば金もあるんだ、平侍のような心配はするだけ無駄というものだ」

「そのことだが、おれは家は継がぬかも知れん」

「馬鹿を言うな、おまえが継がずにいったい誰が継ぐ」

「弟だ」

「弟？　後妻の連れ子に家督を譲るのか」

「連れ子ではない、再縁してできた親父の子だ」

多一郎は吐き捨てるように言った。そうしてあっさりと母を忘れた父も信じられなかった。

「いずれにしろ、おまえとは腹違いだろう」

その先は改めて言わずとも分かるだろうと言うように、内蔵太は面倒そうな顔をした。

「それより楽しくやろうじゃないか」

「それがいい」

と専弥が相槌を打ったが、言葉は続かなかった。専弥は借金の弱みがあるせいか、多一郎よりも内蔵太に従順なところがある。多一郎は銚子を取って、先刻から舌舐めずりをしている専弥へ酒を注いでやった。物事を少しも突き詰めて話すことができない不満はあったが、その分、気楽な付き合いだった。

「そういえば、昨日、おていちゃんが来たんですよ」

一瞬、男たちの間に広がりかけた重い空気を、おまつはうまい具合に払いのけた。

「またお店に出るんですって」

「ほう、それは楽しみだな」

内蔵太は無造作に盃を干した。

「どうも無口な女は性に合わん」

内蔵太が言ったのは酒肴を取りに行った若い女のことで、おまつはすぐにそれに気付いたらしく、おさきちゃんは入ったばかりだから馴れないいんですよと言った。

「あたしだって、あの年頃には男の人の前では無口だったんですから……」

「変われば変わるものだな」

「そう、変わりますね、こんなところにいたら……お酒も強くなったし……」

「男にも強くなったし……」

内蔵太が声色を遣ったので、狭い部屋にどっと笑い声が溢れた。それからの三人はいつもの調子に戻り、酒がすすむにつれて話も弾んだ。おていはしばらく前に店をやめて、客だった男の女房になったはずだったが、結局は誰もそのことには触れなかった。そういう無関心と無意味な会話の中に身をさらしていると、多一郎はしだいに増してゆく気怠《けだる》さを覚える。だが、あるところを過ぎると穴蔵から這い出たようにすっきりとすることも分かっていた。

「しかし、何だな、おまえの親父どのはうまいことをやったな、花より千津どのとか申して普請組では知らぬ者のない美人だそうじゃないか」

ようやく舌が回りはじめた専弥が言ったとき、いきなり襖が開いて、おさきがすいませんと言った。声をかけ忘れたことか、酒肴を運ぶのが遅れたことを言ったらしい。おさきは丁寧に飯台に煮魚や漬物を並べると、多一郎の隣に座ったが、話の腰を折られた専弥がおれにも酌をしろと言って横から盃を突き出した。

「そういうおふくろを持つと……」

おさきに酌をさせながら、専弥は独り言のように続けた。眼はじろじろとまだ幼さの残るおさきの顔を覗き込んでいる。

「息子はたまらんだろうな……」

「よさないか」

多一郎は呆れた口調で言った。千津のこともあったが、おさきが怯えているように見えたのである。

「ま、そんなことはどうでもいいが……」

専弥はおさきに注がせた酒を飲み、また酌をさせた。多一郎は手酌で酒を注いだ。妙におとなしいと思っていると、内蔵太は片手で盃を持ちながら嬉しそうにおまつの太股を撫でていた。多一郎はちらりと見ただけで目を逸らした。たとえ着物の上からでも人前で女の体に触れるのには抵抗があって、かなり酔っても内蔵太のようにはできない。いくら商売とはいえ人前で男にいいように体を触らせる女も好みではなかった。そういう女は、なぜか千津を連想させて楽しむよりさきに荷厄介《にやっかい》になる。

多一郎が手酌で飲んでいると、

「おまえも飲め、気分がほぐれるぞ」

と専弥が言った。おさきが仕方なく受け取った盃へ、専弥は揺れる手でなみなみと酒を注いだ。にわかに酔いが回りはじめたらしい専弥の顔は、そう思って見るとどことなく狡猾《こうかつ》でしつこい感じがし、とろんと据わった眼はおさきの裸身を見ているようでもあった。

菊野屋の酌取りは店に金を払えば連れ出すこともできる、そういう類の女たちで、専弥はおさきを今夜の相手にしようと考えているのかも知れなかった。店の裏にはそのための部屋を貸すのを商売にしている家があり、女郎屋へ揚がるよりは安く済む。金の工面がつかなかった専弥なら考えそうなことである。

多一郎はいつものすっきりとする瞬間が来ないことに苛立ちながら、ときおりおさきが助けを求めるように酌をするのに任せて飲み続けた。

「何刻だ、そろそろ行くか」

と内蔵太が言ったときには、男も女たちも酔っていた。おさきは青い顔をして、ようやく座っているように見えた。

「まだよろしいじゃありませんか」

おまつが科《しな》を作って引きとめたが、内蔵太が行こうと言って三人は腰を上げた。専弥はおさきへ何か話しかけてから、遅れ気味についてきた。

勘定を出し合って外へ出ると、繁華な町は灯火に溢れ、あちこちの店先から客引きの声が聞こえてきた。通りの奥にはさらにけばけばしい妓楼が並んでいる。

さて、どこにするか、と歩きながら内蔵太が言い、

「おれは浜屋《はまや》へ行く」

と多一郎が言ったとき、うしろから専弥が声をかけた。

「すまんが、おれは戻る、今夜は二人で行ってくれ」

「どうした、金ならあるぞ」

「いや、そうではない、ちと気をそそられてな」

「おさきか」

きまりが悪そうにうなずいた専弥へ、

「勝手にしろ」

内蔵太が言うと、専弥は、すまんな、と気もそぞろに言って引き返していった。専弥の案外にしっかりとした後ろ姿を見送って、多一郎と内蔵太は歩き出した。よくも悪くもおさきにとって専弥は忘れられぬ男になるだろうと、多一郎がぼんやり考えていると、

「浜屋か、ま、いいだろう」

となりで内蔵太が呟いた。

「また、あの女にするのか」

「……」

「物好きだな、女郎に義理立てしてもはじまらんぞ」

「そういうわけじゃないが……」

多一郎は口を濁した。おなみという女が気に入ったのは無知で無考えだからで、会ってから別れるまでの間に面倒に思うことが一切ないからである。多少は情が移ったこともあるだろうが、ほかに特別な理由があるわけではない。ただ何となしにもう一度会いたくさせる何かを、おなみという女が持っていることは確かだった。

「むつかしいことは分からないわ」

多一郎が話しかけると、おなみは口癖のように言う。ほかの女と違い、身の上を語ることもなければ、多一郎がどこの誰で何を考えているのかも訊かない。そういう気楽さはあった。

内蔵太や専弥といるときに感じる頼りない安堵とも違う、慰みだろうか。たとえ金で買える紛《まが》い物でも、いまの多一郎にはなくてはならぬものに思われ、そのために足繁く通い続けている。それが自堕落といえば自堕落なのだろう。

「おれは初顔にしよう、同じ金を払うならそのほうがいい」

やがて浜屋が見えてきたとき、内蔵太が言ってにやにやとした。

「実を言うと一昨日《おとつい》も来たんんだ、おまえには悪いが、おなみは一度で懲《こ》りた」

「………」

「あれは女郎でも痴人だ」

内蔵太はそう言うと、何かを思い出したようにくっと笑った。下卑《げび》た笑い声に嫌悪を感じながらも、多一郎は内蔵太の軽い足取りについていった。

（内蔵太が何と言おうと……）

おなみに会えば厭なことは忘れられると思ったが、何かに後ろ髪を引かれているような気がして、やはり気分は晴れなかった。

三

「ほんとうは、あたし、これでいいと思ってるんですよ」

薄い蒲団を多一郎の体に掛けると、おなみは自分ももぐり込んで火照《ほて》る肌を押しつけてきた。無造作に多一郎の二の腕に乗せた豊潤な乳房がまだ汗に濡れていて、つるりと滑りそうだった。

「だって、この頭じゃまともな奉公なんて勤まらないし、こんなふうにお武家さまとも口は利けないでしょう」

「利いてどうなるものでもあるまい、武家などつまらぬものだ、おれを見れば分かるだろう」

「むつかしいことは分からないけど……」

おなみはそう言うと、無邪気な声でくすくすと笑った。

「よく言うそうじゃありませんか、馬子にも衣装、もうじゃにも鎧《よろい》って……」

「亡者にも？」

「ええ、もうじゃってお金のもうじゃのことかしらね、そっちのほうはどうでもいいんですけど、あたしが化粧をするのは馬子にも衣装だってお客さんが言ってたわ、とってもおしゃべりでおもしろい人なの、その人」

「……」

「何となく分かる気がするの、馬子がきれいになったら馬だって立派に見えるでしょうから、お客さんがたくさん来てもうかって幸せに暮らせる、だからあたしがお化粧をするのは馬子にも衣装だって……」

「それで？」

「だから、好きなだけお化粧ができて、ご飯も食べられて、こんないい商売はないと思うの、ただお花を見たり、蕎麦掻《そばが》きを食べに外へ出られないのはちょっとつらいけど……」

「おまえは欲がないな」

「そうかしら……」

「ふつう女はまず嫁に行くことを考える、それもできれば金持ちの家にだ、そこで跡取りを生んで親になり、やがて姑になり、一生を終える、そういう夢を持ったことはないのか」

「…………」

「所帯を持てば好きなときに外にも出られるし、蕎麦搔きよりうまいものも食えるぞ」

「でも亭主になる人が変な人だったら困るでしょう、あたし、お金の勘定もよくできないし、きっと向こうだって困るわ」

「そんなことはどうにでもなる……もっともここから出られたらの話だが……」

「それは無理ね、うんと借金があるし、たとえ出られたってどうしていいか分からないもの」

「だったら、ここにいるほうが幸せか」

「ええ、たぶん……むつかしいことはよく分からないけど……」

おなみは微笑むと、顔を上げて、今夜は泊まれるのかと訊いた。多一郎は首を振った。

「それじゃ、もう一本だけ熱いのをもらいましょうか」

「いや、そろそろ帰る」

と多一郎は言った。そのままおなみと眠りたかったが、朝には屋敷にいて治左衛門の出仕を見送らなければならない。それが多一郎の唯一の役目だった。

夜具の上に起き上がり残っていた酒を飲んでいると、おなみが裸のまま鏡台へ立っていった。裸であることを除けば、淫蕩の場には不似合いなくらい、正座をした後ろ姿が楚々《そそ》としている。おなみは櫛《くし》を取りにいったらしく、じきに多一郎のうしろに膝をつくと、明るい声で言った。

「ちょっと待って、いま髪を直してあげる」

やはり千津の声に似ている、と多一郎は思った。

四

朝餉のあとで久し振りに父の治左衛門に呼ばれて部屋へ出向くと、治左衛門は千津に出仕の支度を手伝わせながら、今日より当分の間、外出はならぬと言った。険しい表情といい、不機嫌な口調といい、放蕩がばれたのだろうと思い、多一郎は千津を見たが、千津は平然としていた。

「城より使いがあるかも知れぬ、そのときは非礼にわたらぬよう謹んでお聞きいたせ」

「何のことでございましょう」

「わしにもまだ分からぬ、そういうことがあるかも知れぬということだ」

治左衛門はそれだけ言うと、刀架《とうか》から小刀を摑んで歩き出した。千津があわてて大刀を抱えて跡を追い、多一郎も玄関まで見送りに出た。小走りに歩きながら、いったい何事だろうかと思った。叱責を免れてみると、急に治左衛門の顔色が尋常ではなかったように思われ、不吉な予感がしたのである。

治左衛門は何事も内に秘める質《たち》で、言うときは切羽詰まって言い出すことが多い。千津との再縁が決まったときもそうだった。動かしようのない事実を結果として伝える。祝い事ならそれでもいいが、大事ならどうするのかという気がする。

その朝、治左衛門はあわただしく出仕したまま、果たして下城の刻が過ぎても帰らなかった。多一郎は昼過ぎから玄関の次の間に控えて治左衛門の帰りを待った。それも久し振りのことである。

治左衛門はこの夏の終わりごろから帰宅が遅くなり、多一郎はこれ幸いと夜遊びに興じていたが、父が何をしているのかはまったくと言っていいほど知らなかった。こちらから訊くほどの興味もなかったし、治左衛門も何も語らなかった。千津もまた知らなかったのだろう、多一郎が気紛れに訊ねると、お役目がお忙しいようです、とありきたりの返答だった。

(それにしても、城からの使いとは何のことだろうか……)

多一郎が考え込んでいると、千津が茶菓を運んできた。

「何もこのようなところでお待ちにならずとも、来客があれば中間《ちゅうげん》が知らせてくれましょう」

千津は明るい声で言ったが、やはり落ち着かぬらしく、茶を出し終えるとそこへ座り直して多一郎を見た。

「今朝は女子の匂いがいたしました、お父上の前では気を付けませんと……」

「母上の匂いで紛れます」

「……」

「それより幸太郎をひとりにしておいてよろしいのですか」

多一郎は無愛想に言った。千津と同じ空気を分け合うのは、正直なところ裸のおなみといるよりも落ち着かなかった。

「おみよがみておりますから……」

千津は千津で、平気で多一郎に乳房を見せるときと違い、居住まいにも硬さが感じられた。

「父上は本当に何も申されなかったのですか」

多一郎が話題に困り、朝にも訊ねたことを繰り返すと、千津は静かに首を振った。

「旦那さまはお役目のことは一切お話しになりません、わたくしの口から実家の父に洩れるのを恐れているのでしょう、お役目を離れても父を義父とは思えぬようです」

それは多一郎も同じで、生田嘉之助を義理であれ祖父と考えるのはむつかしかった。千津は手塚の人となったが、嘉之助はやはり配下の組子でしかない。奉行と縁戚になった嘉之助に一目置くとしたら、妬み半分の朋輩だけだろう。多一郎に対する千津の遠慮も、後妻という細弱《さいじゃく》な立場よりも実家の貧しさ、身分の差から来ているはずである。

そして多一郎が千津を見る眼にも、当初から偏った思いが含まれていた。

(結局、父は金でこの女を買ったのだ……)

そう思うと、多一郎にとり千津は浜屋のおなみと変わらず、自分にも手が届きそうな存在に思われたのである。

「多一郎さまも、わたくしのことを母親とは思っていませんでしょう、それは無理もないことかも知れませんが……」

千津が言って、ちらりと多一郎を見た。当然のことながら千津も多一郎の屈折した視線は感じていたのだろう、顔色を窺うような眼だった。

「でも、いつかはきっと本当の親子のようになれればと思っております……」

だがそれも多一郎には巧弁に聞こえた。十八で好きでもない男の後妻に入り、たいして歳も違わぬ先妻の子を我が子と思えるだろうか。少なくともこちらからは思えない。もしも本気でそう思っているとしたら、千津はよほど諦めがよいのか柔順なのだろう。いずれにしても専弥が言ったように、父はうまいことをやったものだと思いながら多一郎は言った。

「手塚の家はいずれ幸太郎にくれてやるつもりですから、わたくしに気遣うことはありません、わたくしはもはやこの家の厄介者ですから」

すると千津は意外なほど険しい眼差しで応えた。

「冗談が下手ですね、そのようなことを旦那さまに申し上げてはなりません」

「いけませんか」

「むろんです、ただのお叱りで済まぬことはお分かりのはずです」

「案外、喜ぶかも知れません」

「本当にそう思われますか」

「……」

「だとしたら旦那さまのお気持ちを少しも分かっていないのですね、旦那さまは多一郎さまを柱に家族のみなが寄り添える家を築きたいのです、そのために日々腐心しておられるのですから、多一郎さまも夜遊びはほどほどにいたしませんと……」

やはりな、と多一郎は思った。何だかんだ言っても最後はその話になる。小言を言うのが母親らしさだと思うのは女の性なのかも知れない。そうして子を支配し、家政を思い通りにする。死んだ母がそうだった。

(親父も親父だが……)

せつはひどく潔癖な人で、治左衛門や多一郎の身の回りはもちろん、家の中は一糸《いっし》一毫《いちごう》の乱れもなく片付いていた。せつの手にかかると古い柱もまるで蠟《ろう》を塗ったように輝き、畳には塵ひとつなくなる。きれい好きなだけならそれもよいが、他人の不所存《ふしょぞん》までも激しく嫌う質で、何かにつけて多一郎に諄々《じゅんじゅん》と説き聞かせた。とりわけ金銭については度を越してうるさく、多一郎にすれば見も知らぬ他人のことで説教をされることになるので息が詰まるばかりだった。そのうえ着るものから食べるものまで指図され、亡くなるまで母の小言を聞かなかった日はない。

このうえ継母にまで縛られるのは御免だと思っていたとき、外に人の気配がして多一郎は千津と顔を見合わせた。門番と話しているらしい声の主は治左衛門ではなく、しかもあわてているようすだった。

「多一郎さま」

千津に促されて玄関へゆくと、来客はしかし待っていた使者ではなく、治左衛門の組子で関口郷右衛門《せきぐちごうえもん》という中年の武士だった。郷右衛門は挨拶もそこそこに用件を告げた。

「お奉行が城で倒れました、間もなく組の者が戸板で運んで参りますので、急ぎお支度を願います」

「まさか、死んだのですか」

いきなり冷水を浴びせられたように青ざめた多一郎へ、

「いえ、卒中のようです」

と関口郷右衛門は言った。だがそう言った顔は歪み、眼は絶望を語っていた。哀れむような眼で千津に会釈をすると、自分は医師を呼んでくると言って、郷右衛門はまた駆け出していった。多一郎は中間を呼んで治左衛門を途中まで迎えに出るように言い付けてから、婢《はしため》に床を延べるように言おうとして千津がいないことに気付いた。小走りに父の部屋へ行ってみると、千津は自ら床を延べながら、

「大丈夫です、大丈夫です」

と独り言を言っていた。

ややあって多一郎に気付くと、

「わたくしが必ず治してみせます」

千津はそう言ったが、顔は多一郎よりも青白かった。

多一郎は降って湧いたような事態にうろたえながら、久し振りにひとりで父を出迎えるために玄関へ引き返した。突然、否応なく伸しかかってきた嫡男の責任を感じながら、これで当分はおなみには会えぬだろうと思う一方で、はじめて千津の真情を見たような気がしていた。

五

治左衛門が言っていた城からの使いが来たのは翌朝のことで、筆頭家老・小原監物《おばらけんもつ》の名で五十日の逼塞《ひっそく》の沙汰があった。治左衛門は夜のうちにどうにか意識は取り戻したが、総身が

麻痺《まひ》して話すことも叶わず、組子が重職会議の最中に倒れたと伝えた以外は何が起きたのかも分からぬうちに大目付の使者が来たのである。

使者の口上によると、治左衛門の罪過は普請奉行の立場を利用して商人から数年にわたり賂《まいない》を取り、領内数ヵ所の堰《せき》、堤防において手抜き工事をし、そのために洪水による死者二名および穀物に甚大な被害をもたらしたというものだった。しかも逼塞後のことについては追って沙汰するとのことで、処分はそれで終わりではないらしかった。

（父が不正……）

多一郎は治左衛門に言われた通りに謹んで聞いたが、内心では普請奉行ひとりの裁量でそこまでできるだろうかと思っていた。工事の費用については勘定方の検査があるし、吟味方の査察もある。商人から賂を取ったというのが事実なら、勘定方や重職にも渡ったのではないか。だが治左衛門の口から真実を聞くことはできず、甘んじて沙汰に従うよりほか仕方なかったのである。

そして安穏だった暮らしは一変した。

まるで別人のような治左衛門の病状は多一郎の心にも暗い影を落とし、外界から隔離された屋敷は無言の非難に押しつぶされそうだった。悶え苦しむ父の顔を見るにつけ多一郎は行く末が思いやられたが、驚いたことに千津は少しも悲観することなく、治左衛門の看病にそそぐ気力も失わなかった。むしろその姿は日増しに凛《りん》としてゆくかに見えた。

「逼塞はたかが五十日のことですが、旦那さまの看病はこれから何年と続きます、いつまでもくよくよしてはいられません」

「母上は父の潔白を信じておられるのですか」

「むろんです、この家にそのような財貨はございませんし、そもそも旦那さまは不正を働くような御方ではございません、御身の潔白を明らかにするためにも一日も早く快復していただきませんと……」

それが自分たちに唯一できることだと言って、千津は多一郎を励ました。

千津に宛てて一通の手紙が届いたのは、何ひとつ判然としないまま逼塞となって一月が過ぎたころだった。千津の眼には生田嘉之助の筆と分かるその手紙は、屋敷に出入りを認められた医師の上田徳順《うえだとくじゅん》が運んできた。嘉之助は治左衛門の組子でもあるが、どちらかというと千津の親として八方、手を尽くして事情を探ってくれたらしい。

それによると、執政が処分を決めたのは治左衛門ひとりではなく、町奉行の鬼頭伴兵衛《きとうばんべえ》がやはり三十日の逼塞、郡奉行の外村策蔵《とむらさくぞう》が減石のうえ左遷されて大坂《おおさか》在番となった。町奉行は市政不行届き、郡奉行は水害対策の不手際というのが表向きの理由だが、噂ではいずれも執政批判を企てた結果の弾圧であるらしいという。

現執政は小原家老を中心に固着しており、それだけ独善的でもある。藩の事業は重職数人の会議で決められ、あとは行政の手に委《ゆだ》ねられる。結果が悪くとも重職らが自ら責任を取ることはなく、むしろ追及する側に回るので以前から反発する声は上がっていた。だがそうした批判も結局は力で揉み潰されてきた。重職と商人との癒着も噂され、両者の間で大金が動いているとも言われている。町奉行の鬼頭伴兵衛は忠義の人であり、あるいは商人の側から不正を調べて藩主へ上書しようとしたのではないか。そしておそらく治左衛門も何かを試み、逆に罪を着せられたのだろう、会議のあった広間で倒れる前に治左衛門の激怒した声を聞いた者がいる、と嘉之助の手紙は締めくくられていた。

「しかし証拠がなくてはどうにもならん」

多一郎は呟いて湯呑に手を伸ばした。

「それに相手が悪い……」

冬の夜はすっかり冷えていて、ついさっき千津が手紙とともに運んできた茶はもう冷めかけていた。いずれ茶もろくに飲めなくなるかも知れぬと思いながら、多一郎がすすっていると、

「証拠ならあります」

と千津が言った。

「旦那さまが証拠ですわ、旦那さまはご重職の独善を諫《いさ》めようとして、さもなくば無実を訴えようとして抗弁の半ばで倒れたに違いありません」

治左衛門は執政との対決を予期していたのだろう、城からの使いと言ったのは大目付か家

老方のことで、場合によっては処罰もあると覚悟していたようである。

「ですから旦那さまには是が非でもよくなっていただかねばなりません、そしてもう一度ご自身の口で事実を明らかにしていただくのです、旦那さまにもまだその気力はあると見ました」

「……」

「どうか多一郎さまもお力になって差し上げてください、ふたりで力を合わせればきっとできます」

千津は困難にくじけるどころか、明日からは治左衛門をできるだけ床から離し、体を動かす稽古をはじめたいと言った。それには男の力がいるし、気持ちも支えられる人でなければならないと言う。果たしてあの体でまた動けるようになるのだろうかと多一郎は思ったが、一方ではなにがしかの希望は繋《つな》ぎたいという思いもあって承知した。

もっとも悲観的なものの見方は変わらず、千津の熱意に引きずられてやる気にはなったものの、

(こんなはずではなかった……)

それが正直な気持ちだった。

いまの治左衛門は下の始末はもちろん、自分で自分の涎《よだれ》を拭うこともできない。多一郎を見ても顔を歪め、言葉には程遠い呻《うめ》き声をあげるだけである。だがそれも治左衛門にできる

唯一の意思表示だと言って、千津は前向きに考えているらしかった。

果たして翌日からはじめた治左衛門の訓練は困難を極め、床の上に座らせるだけでも重労働だった。心のどこかで無駄なことをしていると思っているせいか、多一郎には治左衛門の体は重いだけで千津ほどの根気もなかった。治左衛門は箸を持たせても握ることもできず、同じことを幾度も繰り返すうちにはこちらが先に疲れてしまい、ついには腹が立ってくる。病の父に対して案外に冷淡な気持ちでいられることに、多一郎は改めて気付いたほどである。

それでも十日ほどで治左衛門はともかくも脇息《きょうそく》を使って座れるようになり、やがて箸も一本なら握れるようになると、多一郎の心にも微かな希望が生まれた。

(あるいは、このまま快方に向かうのではないか……)

そう思って見ると、口は利けぬものの、眼は何かを訴えているようで、こちらの意図も理解しているかに見える。

「母上っ」

はじめて治左衛門が二本の箸を握りしめたとき、多一郎は思わず千津を呼んで興奮気味に言った。

「ごらんください、箸が持てました……」

幸太郎を抱いて駆け付けた千津の顔が驚きから喜びに変わるのを、多一郎はすがすがしい思いで眺めていた。そういう澄んだ眼で千津を見たこともなかったのだろう、我知らず微笑みかけていた。

「この分なら、じきに食事もできるようになるかも知れません」

「ええ、きっと……」

千津は多一郎のお蔭だと言って、過労のために隈のできた眼に涙を浮かべた。けれども、そこから先はまったくと言っていいほど進まず、治左衛門はただ物を握るだけで一向に動かすことはできなかった。

（そううまくゆくはずがない……）

多一郎はまた投げ遣りになったが、千津の眼を気にしながら半ば仕方なしに治左衛門の訓練を続けた。治左衛門はときおり多一郎を見つめてうなずくような真似をしたが、意味があるのかどうかすら分からなかった。

やがて二日後には逼塞が解けるという日になって城から再度の使いがあり、多一郎は治左衛門に代わって執政の沙汰を聞いた。沙汰は家禄を三十石に減じ、治左衛門は隠居、多一郎は家督相続が済みしだいに寺社方の見習いを許す、ただしそれまでは築地《つきじ》町の空家を与えるという厳しい処分だった。

築地町は城の西方にあった小さな沼を文字通り埋めて築いた土地で、むかしは鷹匠《たかじよう》衆が住んでいたが、かなり前に尾上《おのえ》町へ越してからは廃地同然になっている。そこへ移ること自体が重い処分であるのに、屋敷の明け渡しは僅か五日後と定められ、多一郎と千津は急ぎ家財を処分するや奉公人に暇を出し、病人と幼子を連れて下士の町のそのまた外れへと越していった。

予想していたことだが、手塚家は没落したのである。

六

築地町の家は久しく住む人がなかったらしく、汚れ切っているうえに狭い庭には朽木桜《くちきざくら》が見えて、病人を寝かすことがためらわれるほどだった。瓦礫《がれき》や蜘蛛の巣を取り払うと井戸は使えたが、家の中はいくら風を通してもかび臭さが抜けず、冬でもじめじめとしている。

「この木はもう死んでいます、切り倒していただけませんか」

引っ越して間もなく千津に言われて、多一郎は結構な大木を眺めた。

「放っておけば、そのうち勝手に倒れるでしょう」

「お願いします、旦那さまのために少しでも明るい庭にしたいのです」

美しく澄んだ眼に見つめられては朽木を倒し、荒れた庭を均《なら》し、近くの林から採ってきた山萩をようやく清々とした庭の片隅に植えた。その後も、日当たりがよくなるように生垣を低くしてくれ、枝折戸《しおりど》がほしい、庭の半分を畑にしましょうと、千津は次から次へと多一郎に仕事を与えた。家督相続のための手続きを終えてしまうとほかにすることもなかったが、治左衛門の面倒を見たうえに、こんなところで畑を耕すのがおれの役目かと、多一郎は内心憤慨し、落胆もした。

もっとも、どこで見つけてきたのか、千津はそれが当然のように春慶塗《しゅんけいぬり》の内職をはじめ、治左衛門の薬礼に困ると、ときおり町の質屋へも通っているようだった。そういうときは幸太郎を多一郎に預け、人目につかぬ火点し頃《ひともごろ》に風呂敷包みを抱えて出かけてゆく。そうして拵《こしら》えた金を持ち医師のところへ寄るのだろう、一刻余りして帰ってくるときには決まって膨らんだ薬袋《やくたい》を携えていた。

築地町の家は最も近い鉄砲組の組屋敷からも半町は離れたところにあって、近所の付き合いもなかったが、野菜や魚の担い売りだけは余りものを片付けにやってきた。千津はおとなしい顔に似合わず値切るのが上手で、多一郎が出てゆくと、ご新造さまには敵《かな》いませんです、とよく男たちに言われた。事情を知らぬ担い売りには二人が夫婦に見えたのだろう。

(ご新造か……)

どうせ嫁の来手などないのだから、それも悪くはないと多一郎は思ったが、千津はかりそめにもそういうふしだらな考えを抱くことはないらしかった。

あるとき多一郎が戯れに嫁ぐ相手を間違えたのではないかと言うと、千津は驚くほど真剣に怒りはじめた。多一郎の母として当然のことだが、病夫に尽くし、手塚の家を再興することしか念頭になかったのだろう。慎ましい暮らしにも馴れていたから、多一郎ほど不遇に落ち込むこともなければ、しっかりと希望も持ち続けていたようである。

やがて暗い冬が行き、春も暖かな仲陽になると、千津は治左衛門を歩かせてみようと言い出した。治左衛門は徐々にではあるが、いくらか意志の力が体に通じるようになり、そのころには床の上に起き上がり、左手の指だけはどうにか動かせるようになっていた。虚ろだった眼差しも視点が定まり、順調に快方に向かいはじめたらしいのである。

「歩くことで言葉も取り戻せるような気がいたします」

千津はそう言って、まずは家の中で立つ稽古をはじめた。治左衛門はときおり悲鳴のような声をあげたが、嫌がるようすはなく、少し休むと自ら稽古を求めるように千津に向かって左手を動かした。そして二月もすると、どうにか千津の肩を借りて庭へ下りられるようになり、ほどなく左手で杖を曳《ひ》けるようにもなった。

その間の千津の献身振りは、しかし、見ているほうが苦しくなるほどで、多一郎はときおりたまりかねて言った。

「母上も父上も、今日はそのくらいになされてはいかがですか」

転んでは立ち上がる二人を見ながら、おれにはあそこまではできんと思っていた。できるのはやはり夫婦だからかも知れない。千津はまるでこういうときのために手塚家へ嫁したかのように、下士の家の忍耐と反骨の気概を発揮していた。

「徳順先生も驚いていらっしゃいますわ、この分なら、おひとりで歩けるようになる日も遠くはないでしょう」

実際、治左衛門の回復の早さには驚くべきものがあり、千津の励ましに加えて、倒れた日の無念が力となっているのかも知れなかった。これで言葉が話せれば、千津が言っていたように何とか道も開けるのではないか。多一郎もまた微かな望みを取り戻していた。同じころ藩の上層部で突然に役替えがあり、前《さき》の町奉行でやはり逼塞処分となった鬼頭伴兵衛が早々と寺社奉行に復帰したと聞き、あるいは手塚家にもなにがしかの配慮があるのではないかという期待もあった。

「此度の役替えは、どうも江戸表《おもて》からの指図のようです」

そう知らせてくれたのは、久し振りに現われた生田嘉之助だった。嘉之助は屋敷を明け渡すときに顔は見せたが、築地町へ訪ねてくるのははじめてで、その眼で零落した手塚家を見るとやはり驚いたようだった。

千津が留守で自ら茶を淹れた多一郎へ、嘉之助は恐縮したが、茶は飲まずに言った。

「小原さまが従ったということは、ご上意かも知れません、噂では前のご家老、黒川金兵衛《ころかわきんべえ》さまが動いたのではないかと言われております」

「黒川さまが……」

「はい」

「すると、殿の御国入りを待って……」

「一戦、あるかも知れませんな」

黒川金兵衛は旧執政のひとりで、小原家老に蹴落とされた人物である。いまは年寄として執政の諮問を受ければ意見を述べる立場にあるが、それも名ばかりでほとんど無視されてきた。その黒川が起《た》ったとすれば、御家のためもあるだろうが、積年の鬱憤を晴らすつもりだろう。黒川はすでに五十半ばで、もう一花咲かせるにはいまが最後の潮時かも知れない。

「しかし噂でございますから、しかとは分かりかねます、当の黒川さまは悪いお風邪を召して寝たきりとも……」

嘉之助は、いずれにしても手塚家の処分に変更があるとすれば藩主が帰国する五月下旬以降のことで、現執政の下ではないだろうと言った。そしてそれまでは言動を慎み、政変を待つことだと付け加えた。

その話があってから半月ほどして、多一郎は久し振りに武井内蔵太に会ってみようかと思った。内蔵太の家は物頭で父親は旗奉行だから、嘉之助よりは詳しい情勢を知っているかも知れない。尾崎専弥でもよかったが、専弥は政治に無関心で何も知らぬような気がした。

そのことを千津に話すと、千津は是非そうしてくださいと言って、あっさりと一晩は遊べるだけの金をくれた。

「それくらいの貯えはございます、手許不如意ではお話も聞きづらいでしょう」

「たいした話は聞けぬかも知れません」

「そのときは息抜きと思って、ご遠慮なくお使いくださいまし」

だがそう言われると却ってもらいづらいもので、多一郎は半額だけ受け取って夕刻には家を出た。武井家には寄らず、まっすぐに花房町の菊野屋へ行くつもりだった。

季節はすでに梅雨に入り、日の在処《ありか》のはっきりとしない道は細かな雨に煙っていた。鉄砲組の組屋敷を過ぎたところで分かれる二股道を右へすすむと、やや遠回りにはなるが黒松の並木があって、人目につかずに町屋へ向かうことができる。左へ行くと、かつての屋敷の方角へ続くが、いまさら見たところで惨めな思いをするだけだろうと思った。

右へ折れると、果たして黒松の道は森閑としていた。松並木のせいか枝葉を叩く雨音も静かで、人影は前方にふたり見えるだけである。半年余り前まで千津から金をせしめて遊び回っていたことが嘘のように、多一郎は懐の小金が落ちはしまいかとときおり確かめながら歩いた。

花房町に着いたときには、通りにはもう灯が溢れていて眩しいくらいだった。いつの間にか日は落ちたらしく、上空は夜の色に黒々としている。

多一郎は菊野屋の前で立ち止まると、暖簾越しに中を覗いた。店は相変わらず込んでいて、暗い土間には化粧と酒の匂いが満ちている。見馴れているはずが、もぞもぞとうごめく男女の光景が異様に見えて眺めていると、

「いらっしゃいまし、どうぞ、奥が空いてますよ」

女が声をかけてきた。

「あら、お久し振りです」

そう言って破顔したのはおまつだった。しばらく見ない間に、おまつはぐんと老《ふ》けて一段と化粧が濃くなったように見えた。夜ごと男の酔眼にさらされ、男に媚態を売る女の宿命なのだろう。

「ねえ、あたしと飲みましょうよ」

おまつが袖を引くのへ、多一郎は武井内蔵太が来ていないかと訊ねた。いなければ日を改めて出直すつもりだったが、おまつは、ええ、いらっしゃいますよ、となぜか不機嫌になって言った。

「奥の部屋にお連れさまと……」

「そうか、では案内してくれ」

と多一郎は言った。どうせ連れは専弥だろうと思った途端に、内蔵太に袖にされたらしいおまつへの気兼ねは失せて懐かしさが込み上げてきた。

ところが部屋へ行ってみると、内蔵太の連れは多一郎の知らぬ男だった。おまつが断わりを入れて襖を開けたものの、座が白けたらしく、男はもとより多一郎を見た内蔵太の眼もどこか冷たかった。

「久し振りだな」

内蔵太が若い酌取りに酒を注がせながら言い、おまつはそそくさと土間のほうへ帰っていった。

「専弥と一緒かと思ってな……」

多一郎は立ったまま言った。

「少し二人きりで話せないか、小半刻もあれば十分だが……」

すると内蔵太は面倒そうに歪《ゆが》めた口で深い吐息をついた。

「金の無心なら断わる、専弥とも金がもとで仲違《なかたが》いしたんだ」

「いや、そういうことではない、話がしたいだけだ」

「何の話だ」

「ここでは言えん」

内蔵太は少し考えてから、連れの男へ、すぐに戻る、待っていてくれと言った。久し振りに会ったというのに内蔵太の態度はひどく緩慢で、真剣な話をするのは無理な気がしたが、多一郎は誘った手前、内蔵太についていった。

店を出ると雨は小降りになっていて、内蔵太は町外れまで歩こうと言った。その間に話せということらしかった。

「専弥とはそれで終わりか」

と多一郎は言った。

「ああ、奴はもう菊野屋へも来ぬ、おさきという女を覚えているか」

「うむ」

「専弥はだいぶ入れ揚げたが、あるとき女に耳を食いちぎられてな」

「……」

「斬ったんだ」

「殺したのか……」

「いや、だが顔は刀傷で二目と見られん、それがもとで女は一生下働きだし、専弥も寝覚めが悪いらしい」

専弥も専弥だが、馬鹿な女だと言って、内蔵太は道に唾を吐いた。

しばらく歩き、人目の途切れたところで多一郎が用件を切り出すと、

「重職がどうしたって？」

内蔵太は薄笑いを浮かべて、おれにそんなことが分かるかと言った。ひどく不遜な言い方だった。

「仮に知っているとしても、おぬしに言う義理はない、そうだろう」

「……」

「この際はっきり言っておくが、おれは科人《とがにん》の伜と付き合うつもりはない」

内蔵太の返答は冷淡なうえに一方的で、多一郎は腹が立った。同じことを言うにしても言い方がある、それが曲がりなりにも友として付き合ってきた男へ言うことかと思った。

「父は科人ではない、禄は削られたが……」

「ではなぜ禄を削られた？　逼塞は？　隠居のうえ、あんなところに住まわされて科人ではないと言えるか、誰もそうは思わんぞ」

「それは……」

「いいか、いまのおまえは平侍以下だということを忘れるな、おまけに親父は中気病みだぞうじゃないか」

「それがどうした」

多一郎はかっとして内蔵太を睨んだ。

「中気病みで何が悪い、おぬしに人を愚弄する権利があるか」

「ないとは言えんな」

内蔵太は立ち止まり、陰険な眼で多一郎を見返した。すぐさきにひと跨《また》ぎの小川と丸太橋があり、二人は町外れまで来ていた。そこまで来ると喧騒は間遠くなって、内蔵太の声ははっきりと聞こえた。

「武井は武功の家柄だ、平素はどうあろうとも一朝事《いっちょう》あるときは真っ先に命を賭ける、中気病みでは勤まらんだろうが」

「きさま……」

「土台おぬしの家とは値打ちが違うのだ、分かったら二度とおれには近付くな」

内蔵太は言い捨てて踵を返したが、多一郎が眼を吊り上げて見ていると、振り向いてひとこと余計なことを言った。

「専弥が言っていたが、きさまのおふくろは体で薬礼を払っているそうじゃないか、まことなら一度くらい買ってやってもいいぞ」

その瞬間、多一郎は逆上し、猛然と内蔵太に殴りかかっていた。

七

雨が上がり、いくらか明るくなった空に日が朧《おぼろ》げに見えている。梅雨が明け、夏も終わりに近付き、めっきり衰えた陽は雲を透き通して地上を白く照らしているが、このところの頼りない空模様からすると、いつまで持つかは当てにならぬだろう。

雨の小止みに治左衛門の世話を済ませて家を出ると、多一郎は屋敷町の道を町屋へ向かって歩き出した。手には千津の着物と懐剣の入った風呂敷包みを下げている。

三ノ町《さんのまち》に住む藩医のひとり、佐竹道庵《さたけどうあん》にかかるようになってから、治左衛門は僅かながら口が利けるようになった。今日も千津はどうしているだろうかと、おぼつかぬ口調で訊ね、多一郎は道庵のところへ薬をもらいに行くついでにようすを見て来ると言って出てきたところだった。

　千津が幸太郎を連れて普請組の実家へ帰ってから、すでに二月が経つ。あの晩、武井内蔵太が言ったことは事実で、多一郎が帰宅して問い質《ただ》すと、千津はその日が来るのを覚悟していたらしく、意外なほどあっさりと上田徳順との関りを白状した。薬礼が払えず、困り果てて相談に行ったおりに手込めにされたのがはじまりだったという。

「よくもそんなことを……よくもそんなことを続けながら父の顔が見られたものだ」

　多一郎が言うと、千津は唇を震わせて、はじめはその場で自害するつもりだったと言った。

「ですが、できませんでした、死んだあとのことを思うと、旦那さまのことを思うと死ねなかったのです」

「詭弁《きべん》だ、言い抜けるつもりか」

「いいえ、ほんとうです、旦那さまが快復されたときは死ぬつもりでおりました、ですから一日も早く……そう思い……」

　本来ならば治左衛門に成り代わり二人とも斬り捨てるべきところ、多一郎は潔く自裁しようとした千津を諭して実家へ帰したのである。そのときは築地町の家で、しかも治左衛門の目前で死なれては困るという思いがあった。徳順は、多一郎が問い詰め、いっとき助命を約束するかわりに念書を取った翌日には何もかも捨てて逐電《ちくでん》してしまった。むろん治左衛門は何も知らず、生田家へは千津が過労で倒れたためにしばらく養生させるということにしてある。いつかは治左衛門が千津を斬ることになるのだろうが、いまは事実を打ち明けたところで病に障るだけだろう。それならいっそのこと千津が生田家にいる間に自害させたほうがいいのではないか。そう思いながら、しかし二月が過ぎてしまった。

その間には藩主が帰国し、生田嘉之助が言っていた以上に急激な政変が起きた。予め上意を取り付けていた黒川金兵衛が、前の役替えで殿中での勢力を確保したうえで一気に決着をつけたのである。小原家老とその股肱《ここう》と目された中老の加山九兵衛《かやまきゅうべえ》は黒川が重職会議の場であまたの不正を追及したのち、鬼頭伴兵衛が上意討ちにし、残る執政は即日閉門となった。僅か一日の出来事だった。

治左衛門の潔白が明らかになるのに時がかからなかったのは、治左衛門も密かに執政の不正を藩主へ上書していたこと、そして黒川の息のかかった勘定方の下役がすでに帳簿を改竄《かいざん》した証を握っていたからである。勘定方が普請組の土木工事に充てた予算と実際の歳出は大きく異なり、消えた金の分だけ工事は手薄となって災害を招く結果となった。その罪魁《ざいかい》は勘定奉行と小原家老だった。

処分が解けて築地町から元の屋敷へ戻るとき、かつての組子が総出で出迎えてくれたことでも分かるように、普請奉行としての治左衛門への信頼は厚いものであったらしい。あるいは、文字通り身を挺して重職と抗論に及んだ勇気をたたえたのだろう。

多一郎は治左衛門のそういう姿をまるで知らなかった。父は父、自分は自分と思い、楽な道を探すことに夢中で、敢えて見ようともしなかったのである。一方、千津は治左衛門の考えも苦悩も知っていて、敬い、支えてきたような気がする。治左衛門が病に倒れてからも、看護に家政にと献身してきた。その献身振りが並ひととおりでなかったことは多一郎が最もよく知っている。徳順との関りを続けたのも結局は治左衛門のためだろう。

(だが、不義は不義だ……)

そのことを治左衛門に隠しているだけでも後ろ暗さを感じるように、決して許せることではない。

(今日こそ……)

懐剣を届けてけりを付けよう、黙ってこの風呂敷包みを渡せば、千津もこちらの意図は察するだろうと思い、多一郎は家を出てきたのだった。

だが足はまだ三ノ町へ向いていた。

千津は死んで詫びなければならぬほど汚れているだろうか、死んで誰が救われるのだろうかという疑問が、どうしても脳裡から消えぬのである。たしかに不義を働いたことは許しがたいが、おなみのように毎夜違う男を相手にする娼妓でさえ、多一郎は汚いと感じたことはない。むしろおなみを愚弄した内蔵太や、おさきを斬った専弥のほうに、いまは薄汚いものを感じている。そして千津から金をせしめておなみを抱いていた自分が、おなみや千津よりもきれいだとも言えなかった。

やがて三ノ町に着くと、多一郎は道庵を訪ねて薬をもらい、それから普請組のある馬場《ばば》町へ向かって歩き出した。やはり千津に包みを届けよう、いくら考えたところで事実が変わるわけではないし、これ以上引き延ばしては千津の覚悟も揺らぐだろうと思った。

道はまだぬかるんでいて歩くのに苦労だったが、三ノ町から四ノ町《よんのまち》へ入ると、片側に細長く続く林から風が通るせいか、あたりはいくらか乾いているようだった。その疎林の中に奇妙な動きをする人影を見たのは、四ノ町も半ばに差しかかり、行く手に馬場町が見えてきたころだった。櫟《くぬぎ》に似た雑木の根元からいきなり立ち上がり、ぎこちなく歩き出した人影が、いつか見かけた片足のない町娘だと思い当たるのにさして時はかからなかった。

思わず立ち止まって見ていると、娘は林の中の道を多一郎が歩いてきた三ノ町の方角へ向かってゆっくりとすすんできた。黄色く変色した病葉《わくらば》の混じる草むらに隠れた道は、おそらく細く、平坦でもないのだろう。左右に大きく体を揺らしながら、娘は数歩すすむと転び、また立ち上がるということを繰り返している。遠目にも着物は泥で汚れ、両手は肘のあたりまで黒くなっていた。

それでも歩き続ける姿は、見つめるうちに治左衛門の姿と重なり、やがて幻のようにとなりで支えている千津の姿が思い浮かんだ。

あのころの千津に嘘はなかったのではないか。多一郎はふと思った。いや、はじめから父と千津は自分が邪推したような夫婦ではなかったに違いない。

（そんな二人を……）

おれは、こうして道端から汚れた眼で眺めていただけではなかったろうか。通り過ぎた娘を見送りながら多一郎が思っていたとき、娘が前のめりに倒れて動かなくなった。

しばらく待ってみたが娘が起き上がる気配がないので、多一郎は道端の草むらから林の中へ入っていった。

「おい、怪我はないか」

多一郎が声をかけると、娘は首を回して睨むような眼で見返してきた。鋭い刺のような眼差しだった。

「ほっといてください、いくらやったってこんな足で歩けるわけがないんです」

「……」

「いっそのこと、足なんかなければ歩かなくてすむのに……」

明らかに捨鉢《すてばち》になっている娘へ、

「それは違うぞ」

多一郎は急にこみ上げてきた腹立ちを抑えて言った。腹立ちは娘の投げ遣りな言い草にではなく、それまで何も見えていなかった自分自身へ向けたものだった。

「わしの父も毎日歩く稽古をしている、もう四十半ばになるが、いつかは必ずひとりで歩ける日が来る、わしも母もそう信じている」

「でも足があるんでしょ」

と娘は言った。多一郎は静かにうなずいた。

「ああ、ある、だが手も口も思うようにはならないんだ」

「手も口も……」

「おまえは若くて力もあるし、ないのは片足だけじゃないか」

「片足だけ？　そんな簡単なことじゃないわ」

娘は急に声を荒らげると、道に伏せたまま激しく肩を震わせた。

「できるものなら、やってごらんなさいよ」

「………」

「両足のある人に、ない人の気持ちなんて分からないわ」

「そうかも知れん、いや、きっと、そうだろう……だが見てやることはできる」

さあ、お立ち、と多一郎は言った。

「わしが側で見ていてやろう」

多一郎は片手に下げていた風呂敷包みを背負うと、ごらん、と娘の前に回って道の先を指差した。差したのは何の変哲もない雑木である。だがその木には濃い緑が茂り、まばらな木々の中で不思議なほど生き生きとして見えた。

「あの木までだ」

多一郎は言ったが、娘は顔を背《そむ》けて黙っていた。けれども一方では絶望に抗《あらが》うように拳を握りしめている。

「さあ、お立ち……」

しばらくして微かに顔を上げた娘へ、多一郎はようやく救われた思いで言った。

「もう一度、一からやり直すんだ」

穴惑い

一

枯れた松葉を踏みながら黒松の林を抜けると、道はいったん緩やかに下るが、前方には小高い丘が見えて、そこを越えるとようやく三万石の城下へ入る。

陰々とした林道から一転して視界が開《ひら》けた先には、日没前の淡い日差しの中に刈入れを控えた稲田が広がり、周囲には遠くなだらかな山脈《やまなみ》と竹林が見える。道の左右に点在する百姓家をあとに丘を上るとすぐに町屋が現われ、さらに武家地へと進むにつれて南天《なんてん》の緑が目を引き、やがて静かに銀杏《いちょう》が舞う。

片手に高さ一尺ほどの木箱をぶら下げた五十四、五の侍が、その屋敷の門前に佇《たたず》み小半刻は経つだろうか、未だに訪《おとな》いも告げずにいる。屋敷の荒れようもひどいが、侍の姿も物乞いに近い。訪ねるならば声を上げればよいものを、ただただ茫然として屋敷を眺めていたのである。

ときおりその足下へ、土塀の内側にそびえる銀杏の大木から浅葱色《あさぎいろ》の葉がゆらゆらと舞い降りてくるのを、侍はやはり不思議そうに眺めていた。

「ごめん……」

にわかに押し寄せてきた夕闇の気配に気付くと、侍はようやく声を上げたが、一向に人の来るようすがないので開いているらしい潜《くぐ》り戸を押した。記憶にある銀杏の木はその半分にも満たぬ丈《たけ》であり、屋敷が違うかも知れぬという不安があったが、目に入った玄関には見覚えがあった。

「ごめん……」

笠を取り白髪混じりの総髪を搔《か》きあげながら、侍は歩み寄り、再び声を上げた。

だが屋敷は森閑として、まるで空家のようだった。耳を澄まして奥の気配を窺い、家人が現われるのを待ったが、それらしい物音も聞こえなかった。

(それにしても不用心な……)

そう思いながら木箱を式台に置き、袴《はかま》に染み付いた埃《ほこり》を払うと、侍は改めて訪いを告げた。

「ごめん、上遠野《かとうの》関蔵《せきぞう》どののお屋敷か」

「……」

「喜代《きよ》どのはおられまいか」

言葉を変えてみたが、これにも返答はなかった。

ややあって、侍は庭を覗いてみたくなり玄関を出た。かなり荒れてはいるが、むかしのままであれば小さな池があり、鯉が数匹いるはずだった。

玄関を出ると、かろうじて人の気配の残る道らしきものが目に入ったが、敷き詰められた小砂利《こじゃり》の大半は土に減《め》り込んでしまったらしく跡形もなかった。雨の日に家のものが残したのだろう、足跡が玄関の脇から庭の方角へ向かっている。侍は記憶をひとつひとつ確かめるように、ゆっくりと木立の幹や枝に手を触れながら歩いた。日が落ちかけて暗くなった庭木の間を抜けて庭へ出ると、果たして縁側の正面には小さな池があった。その奥は低木を境に畑になっているらしく整然とした畝《うね》の波が見える。だが庭にも座敷にも人の姿は見えなかった。池の縁に屈んで中を覗くが鯉もいない。

侍はそれでも澄んでいる水面をじっと眺めた。水さえあれば鯉はいくらでも生き続けるような気がしていたし、幼いころから死ぬところを見たこともない。たまさか眼にしたことがないのか、あるいはただの思い込みにしろ、やはり死んだとは思えなかった。それにしても人がいなければ池は涸れてしまうだろうに、水はたっぷりとある。

（やはり侍とう……）

立ち上がり玄関へ戻ろうとしたとき、畑の片隅で何かが動いたような気がして、侍は立ち止まった。このところ翳《かす》みがちな眼を凝らすと、朧げながらこちらに背を向けて屈んでいる人影が見えた。濃い夕闇の中で、茶の着物に身を包んだ人影はほとんど景色に溶け込んでいた。

「もし……」

侍はおずおずと近寄り声をかけた。すると振り向いた人影は、当然のことながら不審の眼を向けてきた。目尻には皺《しわ》が見え、侍よりも白髪の目立つ女だった。

「このような身なりだが、けして怪しいものではない、この家《や》の主どのか」

侍の問いかけに、女は二、三歩、歩み寄り、少し掠《かす》れた声で言った。

「当家の主はただいま留守にございます、あなたさまは？」

野良着に草刈り鎌を手にした身なりはともかく、凛《りん》とした物言いは奉公人のものではないだろう。まっすぐに侍を見つめた眼も隙のないものだった。

「まずはご尊名を承りとうございます」

さりげなく草刈り鎌を持ち直した女へ、

「拙者は上遠野……」

言いかけて、侍は息をのんだ。それまで初対面と思っていた女の顔が卒然と見えてきたのである。上遠野と聞いて、女も眼を見張った。

「も、もしや……」

「喜代か……」

侍が言うと、女はうなずいたものの、愕然《がくぜん》としたようだった。

それほど突然の再会だった。あまりの驚きに二人はしばらく呼気を忘れて立ち尽くしていたが、やがて女が泣き崩れると、侍もへなへなとその場に座り込んだ。予想していたことだが、互いの変わりようは想像を遥かに越えていたし、生きて再び会えた、ただそれだけで一気に力が抜けてしまえば、あとはもう涙が止むのを待つしかなかったのである。

寛文《かんぶん》六年、上遠野関蔵が父・久作《きゅうさく》の仇討《あだう》ちのために国を旅立ってからすでに三十四年が経ている。その年、関蔵は二十歳、喜代は十七歳だった。夫婦となって僅か二月後に別れ、以来互いの顔を見たことはむろん一度としてない。ともに過ごした月日とその後の歳月を考えれば、すぐに互いの顔が分からずとも不思議はないだろう。関蔵にしろ、正直なところ若き日の喜代ですら、しかと覚えていたとは言えない。

「喜代、もそっと傍へ、もそっと……」

関蔵が呼びかけたが、

「申しわけございませぬ、お顔が、お顔が分かりませなんだ」

喜代は平伏して動かなかった。たちまち夜に変わった闇の中を、関蔵は四つ這いになって喜代に近付いた。畝を乗り越え、ようやくその老いた手を握りしめると、関蔵は夢中で土を落としてやりながら言った。

「よい、よい、喜代が悪いわけではない、もう何も言うな」

二

仏壇に有り合わせの野花が供えられ、その手前には関蔵が持ち帰った木箱がぽつんと置かれている。

薄明かりの中、水を浴び着替えを済ませた関蔵は喜代と向かい合った。痩せた頬と目尻の皺が喜代を齢よりもさらに老けさせていたが、それも当然と言えば当然で、二人ともすでに在りし日の父よりも歳を重ねていた。

膳には酒と茄子《なす》の漬物、それに少々の里芋の煮付けがあった。祝いの膳にしては淋しい限りだが、ほかに出す物もないらしかった。

「ご本懐成就《ほんかいじょうじゅ》、おめでとうございます」

改めて祝いの挨拶を述べた喜代へ、

「長い間苦労をかけて済まなかった」

関蔵も日焼けして黒ずんだ顔で言い、頭を下げた。有りと有らゆることをして生き抜いてきたせいか、妻女に頭を下げることには少しのためらいもなかった。

「さ、どうぞ」

喜代が酌をし、関蔵は盃を干した。しばらくはそうしてただ喜代の顔を眺めていたかったが、黙っていると再び涙が溢れてくるような気がして関蔵は口を切った。

「江戸表より知らせがあったはずだが、喜代は知らなかったようだな」

「はい、わたくしのところへは何も……」

「それも妙な話だが……」

関蔵は微笑したが、軽い胸騒ぎを覚えていた。

作州真島郡《さくしゅうまじまごおり》で仇討ちを果したのちに、仇《かたき》と関蔵自身の身元を確認するために土地の代官が藩の江戸屋敷へ照会し、江戸からは係りの役人が、国許からは仇の姪とかつての同僚が検視の証人としてやって来た。そのために関蔵は一月半も代官所に留め置かれたが、検視が済むと江戸屋敷へ寄り、在国中の藩主に代わり江戸家老から労《ねぎら》いの言葉と路銀をいただいている。当然、国許へも知らせがいったはずだし、仇の姪と同僚は一足先に帰国していたから、喜代が何も知らされていないということは考えられなかったのである。

もっとも藩のほうで手続きに何らかの遺漏《いろう》があったか、国許での騒ぎを懸念《けねん》して関蔵の快挙を伏せたのかも知れない。上遠野家は近習《きんじゅう》頭分《かしらぶん》の家格で藩主の信頼も厚い家柄であるから、過分の報賞があるかも知れず、そのために家中の注目を浴びることは十分に予想された。だが、それにしては屋敷が荒れているうえ、喜代の暮らし振りも質素というよりはつましかった。

「明日にでも大目付を訪ね、此度《こたび》の首尾を申し出ようと思う」

関蔵は藩の出迎えも指図もないようなのでそう言った。

「ところで、その大目付だが、何どのと申されたかな」

「永井又右衛門《ながいまたえもん》さまにございますか」

「そうそう、永井又右衛門どのだ」

「永井さまなら先年お亡くなりになられ、いまは戸田左京《とださきょう》さまが大目付にございます」

「さようか……戸田左京どのと申すと、もしや戸田金十郎《きんじゅうろう》どののご子息か」

「はい、その戸田さまもいまは亡く、左京さまも旦那さまよりも十はお若いものと存じます、よろしければお会いになられるのはしばらく後になされてはいかがでしょうか」

「む……」

「その、お刀があまりに……」

喜代の言う通り、長年風雨に曝《さら》してきた刀は柄糸《つかいと》がちぎれ補強した晒《さら》しまでが黒ずんでいる。修繕しなければとても上下《かみしも》には差せぬだろう。

(父の差料《さしりょう》があるはずだが……)

と関蔵は思ったが敢えて訊ねなかった。おそらく金に換えたのだろうくらいの察しはついたし、そのことで喜代を責めるのは筋が違うように思われた。

「それに御家のことも少し知られておかれたほうが……」

「そうだな……」

と関蔵は少し考えてから言った。

「では、まず叔父上にご挨拶に参ろう」

「それが、叔父上さまも八年前にお亡くなりになられました、上遠野の家は従弟《いとこ》の栄之助《えいのすけ》どのの代でございます」

「栄之助……」

関蔵は驚いて繰り返した。叔父といっても父の久作とは歳が離れていたので、まだ健在とばかり思っていたのである。

「栄之助どのにお会いになられますか」

「むろんだ、これまでの礼を言わねばなるまい」

だがそう言った途端に、喜代はみるみる顔色を曇らせた。

「何か不都合でもあるのか」

「いいえ、ただ……」

「遠慮せずに言ってくれ、どうやら、わしには分からぬことばかりらしい」

「その、栄之助どのは叔父上さまの跡を継がれ、いまでは徒士頭《かちがしら》にございます、旦那さまがご帰参なされれば、あるいはお役目を奪うことにもなりましょう……そう承知のうえで快くお迎えくださるでしょうか」

そう言って喜代は不安げに眼を伏せた。何か複雑な事情があるようだった。もっとも三十四年前の事情がそのまま通るとは関蔵も考えてはいなかった。

仇討願が認められ、留守居の家族へ扶持《ふち》が支給されることになったとき、関蔵は主君への忠義から捨て扶持をいただくのを嫌い、留守中、家禄を返上するかわりに喜代に屋敷の使用を認め、叔父の上遠野甚右衛門《じんえもん》を久作の後任とするよう上申し、当時の藩主に格別の配慮をもって許されていた。いまにして思えば清廉《せいれん》とはいえ家臣が自ら俸禄を返上するのも異例なら、それを潔しとした藩主も寛容な人物だったといえる。

ただし関蔵が家禄を返上したのには、徒士頭ともあろうものが足軽ごときに討たれたという恥辱を拭《ぬぐ》う意図もあった。藩主がそこまで察したかどうかは分からぬが、上遠野家が代々徒士頭をつとめる家柄であることに加えて久作が寵臣であったことが、少なからず裁可を左右したといってよい。いずれにしても他家に徒士頭の座を譲らず、その手で父の汚名をそそぐには、ほかに手段はなかったであろう。見事、仇を討ち果たし、自身が徒士頭となることで上遠野家は名実ともに蘇る、関蔵はそれを支えに生き延びてきた。

むろん当時はこれほど長い留守になろうとは夢にも思わなかった。せいぜい半年か長引いても二年の内にはけりをつけるつもりだった。仇討ちは長引けば長引くほど困難を極めるものだし、討手の覚悟としては間違いではない。けれども結果は半年が二年、二年のはずが三十四年となり、叔父に預けおいた役目もその子に継がれている。関蔵が返上した家禄も、藩主の代替わりを機にその八割が再び支給されているという。栄之助にすれば預かりものとは思えぬだろう。

（それにしても……）

喜代の言うことはもっともだが、気後れする理由などないと関蔵は思った。

（だいいち……）

この暮らし振りはどうしたことかと、にわかに腹が立っていた。自身が乞食同然の暮らしをしてきたために気付くのが遅れたのかも知れない。国を出るにあたり母と喜代のことはくれぐれも頼み置いたはずが、いくら代替わりしたとはいえ叔父の家からは何の援助もなされていないらしかった。

（栄之助め、わしが戻らぬのをよいことに女子一人の食い扶持を惜しみおったか……）

腹立ちは憎悪に変わり、じきに眷族《けんぞく》への不信に変わったが、関蔵は静かに盃を干すと努めて穏やかに言った。

「わしは帰参してもそう長くは勤められぬ、この歳では子も望めぬし、いずれ誰かに家を継いでもらうことになるだろう」

「ですが、それまで栄之助どのが無役を我慢できますでしょうか、その前に家禄を返してくださるでしょうか」

「それは殿がお決めになることで栄之助が決めることではない、いずれにしてもこの暮らし振りを見ればどういう男になったかは想像がつく……ともかくあとのことはわしに任せて、そう案ずるな」

関蔵はそう言って喜代へ微笑みかけた。

「ところで、実家《さと》の桑山《くわやま》はどうしておる」

「はい、父母が亡くなり、弟夫婦が跡を継いでおります」

「そうか、お二人とも亡くなられたか……何もしてやれず済まぬことだ……で、弥市《やいち》どのに子は？」

「市太郎《いちたろう》、只次郎《ただじろう》、そして志津《しづ》の三人がおります、五十石にございますから暮らし向きのほうは相変わらずですが……」

五十石といっても実際に手にできるのは四割の二十石であり、家族五人が暮らしてゆくにはとても足りぬし、内職もしなければならない。それでも弥市はときおり只次郎に米を届けさすそうで、喜代は深い恩誼《おんぎ》を感じているという。

「それはありがたいことだ、しかしどこも貧しいのう」

「どこも、でございますか」

「うむ、国中どこも貧しい、潤うのは商人ばかりで武士など飾り物に過ぎん、まして浪人など……美作《みまさか》に寺田《てらだ》を追い詰めたおり奴は乞食をしていた、わしは何をしていたと思う」

「さあ何でしょう……」

「同じ乞食だ、ほかにしようもなかったのだが、情けないものよ、武士など上下と刀を取ってしまえばただの……いや、ひとりで生きる術《すべ》さえ知らぬ愚か者かも知れんな」

思いのほかよく話す関蔵を、夫は変わったと思ったのだろう、喜代は少し不思議そうな眼で見ていた。関蔵も、喜代の知る自分は家名を誇りに思う武士らしい武士だったはずだと思いながら続けた。

「父上も、いま少し融通のきく御方であればよかったのだが……」

「……」

「ほんの少しのところで……」

関蔵は思わず溜息をついた。久作を咎《とが》めるというよりは、その死に翻弄された歳月を惜しんだもので、いまさらながらほかに道はなかったものかと思う。なぜなら久作は藩法に従い藩法のために死んだようなもので、人の死にそれぞれ意味があるとすれば、あまり意味のある死とは言えなかった。

三十四年前の、その日、徒士頭・上遠野久作と足軽・寺田金吾《きんご》が道で出会わなければ何事も起こらなかったであろう。あるいは雨さえ降っていなければ無事に済んでいたかも知れない。が、雨は降り、二人は寺町の林道で出会った。

足軽は道で上士に出会ったおりには履物を脱ぎ平伏する決まりである。たとえ雨中であっても、傘があれば折り、下駄《げた》を脱ぎ、泥濘《ぬかるみ》に平伏しなければならない。無意味とも思えることだが、それが藩の決まりであり、久作は決まりを重んじた。けれども、そのとき寺田金吾は急病に苦しむ妻女を背負い医者へ向かう途中だった。許しを乞うも久作は平伏を命じ、寺田はやむなく屈従した。結果、妻女は医者へ辿り着く前に路上で息を引き取ったのである。

寺田の悲痛が怒りに変わるのに時はかからなかっただろうし、その怒りが久作に向けられても仕方のないことだった。久作に出会わずとも妻女の命はなかったかも知れぬが、そうは考えられずに猛然と引き返して討ってしまったらしい。そして皮肉にも、その雨が寺田の出奔を助けたのである。すぐさま藩の追手が国境《くにざかい》を固めたが、寺田は激しくなった雨と闇に紛れて逃亡した。ひとり子の関蔵が諸般の手続きを終え、後事を叔父に託して跡を追ったのは、それから五日後のことである。

「ところで、最後に便りを出したのはいつであったかの」

遠い物思いから覚めると、関蔵は不意に思い出して言った。

「十一年前の春にいただきました、そのころはたしか大坂《おおざか》におられたと覚えております」

「大坂か……」

そう言えばそうであったな、と言いながら関蔵は卒然と脳裡に甦ってきた光景に相好を崩した。

「何かよい思い出でも？」

とその顔を見て喜代が言った。

「いや、よいことなど何もなかった……」

関蔵は答えたが、当時の自分の姿を思い出すと妙におかしかった。

「ただ、あのころは振り売りの前栽売り《せんざい》（八百屋）が羨ましくてならなかった、売れ残ったとしても前栽物なら食べられるからな、それでわしもやってみた」

「前栽売りをですか」

「うむ、上方《かみがた》ではもやおやと言ってな、天秤棒《てんびんぼう》をこう担うのは江戸と同じだが、息杖《いきづえ》は用いず腰には前垂れをして売り歩く」

関蔵は天秤を担ぐ真似をして見せた。

「ところが、これがなかなかむつかしい、担いで歩くのもそうだが、売るのはさらにむつかしいものでな、骨《こつ》が分からぬうちは半分も売れずに持ち帰ったものだが、残り物を食べてしまうなど、とんでもないことだと分かった」

「といいますと……」

「つまり食べてしまうと翌日の仕入れができんのだ、そうかといって残しておけば青菜はたちまち古くなるし、古くなればよけいに売れぬだろう、だから野菜は新鮮なうちに売り切ってしまわんと商いにならんのだ、知っていたようで、そんなことも知らなかった」

「わたくしも胡瓜《きゅうり》を作りすぎて一夏それればかり食べていたことがございます、何かと替えてもらえばよかったのですが、そんな勇気もなくて……」

「そういえば五助《ごすけ》やすぎはどうした」

「五助はおかあさまがお亡くなりになった年に暇を出しました、すぎはそれ以前に……」

「そうか、二人とも達者でおればよいがな」

「は、はい……」

だが喜代の少しうろたえたような表情からすると、別れたときに十四、五歳だった女中のすぎはともかく、下僕の五助はもうこの世にいないかも知れないと関蔵は思った。失ったのは、そういうことがあっても少しもおかしくはない歳月だった。

「それにしても人は分からぬものだ、いつぞや出会った願人坊《がんにんぼう》がこう言っておった」

関蔵はじっとうつむいていた喜代を見て言った。

「乞食坊主と武士の一生を比べれば、乞食坊主のほうが気楽でよいし得《う》るものも多い、武士ならば武士として生きるもよし、が、人となれば武士がいかほどのものやら……」

「何やら、すぐれた御坊のような……」

「うむ、わしもそう思った」

「その御坊のお名は？」

「分からぬ、なにしろわしは乞食同然、御坊はそれ以下であったからのう、互いに名乗るほどの出会いではなかったが、妙に心に留めておる」

「まことよい出会いにございます、わたくしなどは光林寺のご住職にさえ御無沙汰をしたきりで……野花を摘むことはできてもお布施《ふせ》を包むこともできず、あまりよいお顔もなされませんので……」

「あのくそ坊主はまだ生きておったか」

「はい、お国一の長寿ではないかと……」

「明日わしの顔を見たら、ぽっくりいくかも知れんな」

するとくすくすと笑った。若くいくらか奔放《ほんぽう》だったころの喜代を見るようで、思わず関蔵も頰をゆるめた。

この夜、二人は蠟燭《ろうそく》が溶けゆくようにゆるゆると語り合った。いつしか喜代の顔も安堵に ほころび、関蔵はその笑顔に酔った。けれどもほぐれた心の片隅で、一夜では何も語り尽くせぬような気もしていた。二人はただ静かに、あるいはいまも夫であり妻であることを確かめ合っていたのかも知れない。

「明日はお風呂を焚《た》きましょう、その匂い、しばらくは消えませせぬ」

「それほど匂うか」

袖をまくり腕の匂いを嗅いだ関蔵へ、喜代はまたくすりと笑って言った。

「それはもう、こう申しては何ですが、朽ちた銀杏《ぎんなん》よりもひどいくらいです」

三

晴れて美しい日だった。目覚めると、障子を透いて白い光が溢れているのが見えて、外は清涼な空気に満ちているらしかった。起き上がり障子を開けると、関蔵は両手を広げて大きな伸びをした。果たして朝の庭は澄んだ光に包まれ、昨日はよく見えなかった畑の畝に小さな茄子が実っているのが見えた。その向こうの畑道に、喜代が目笊《めざる》を持って立っているのが見えて、

「やあ」

と関蔵は声をかけた。そう言ってから、おかしな挨拶だと思ったが、喜代も小声でやあと応えたようだった。そこから表情まではよく見えなかったが、すがすがしい姿だった。

ゆっくりと朝餉を取り、藩士の登城を待って、関蔵は菩提寺《ぼだいじ》へひとり墓参した。それから、その足で従弟の上遠野栄之助の屋敷へ向かった。喜代は関蔵の差料を城下の柄巻師《つかまきし》へ届けて、そろそろ屋敷へ帰っているころだろう。

無腰の着流しに菅笠《すげがさ》を被り山を下りる関蔵のあとを、これも菅笠を被った侍がついてくるのに気付いたのは光林寺を出て間もなくだった。強い害意は感じられぬものの、無腰のうえに、怪しいというだけでこちらから近付くわけにもいかず、関蔵はしばらくはつけさせてい

た。

　ところが、

（どこまでつけてくるものやら……）

　気配を窺いながら、ゆっくりと歩いていたにもかかわらず、その侍は忽然《こつぜん》と姿を消してしまった。関蔵が気配が消えたことに気付いて振り返ったときには影も形もなく、まるで霞《かすみ》のように失せていたのである。城下の町並も人々の装いもむかしとさほど変わらぬというのに、何かが違うように思われ、関蔵は厭な予感がした。少なくとも人につけられるようなことはなかったものだと思った。

　寺町から武家地へ戻ると、関蔵は目立たぬ道を選んで歩き、ときに擦れ違う武士には身分を問わずに道を譲った。少し回り道をしたせいか、栄之助の屋敷に着いたのは昼近くだった。門番に来意を告げると、主は非番で在宅だという。

　思いのほか立派な屋敷で、通された部屋には見覚えのある甲冑《かっちゅう》が飾られていた。その甲冑が小さく見えるほど、しばらくして現われた栄之助は恰幅《かっぷく》がよかった。

「これはこれは、ようお越しくだされた」

　目上の者を待たせておきながら、栄之助はなにやら見下した言い草をした。構えて弱みは見せぬつもりなのだろうが、関蔵は腹を立てるよりさき、なるほどと思った。

（こやつの手の者であったか……）

と先刻の侍を思い浮かべたのである。三十四年振りというのに栄之助が驚きもしないわけはほかに考えられなかったし、まだ藩へ帰国を届け出てもいない自分の行動を気にするものがほかにいるとも思えなかった。

「久しくご心配をおかけしたが、ようやく仇を討ち果たして参った、喜代もたいそう世話になり痛み入る」

関蔵が浅く辞儀をすると、

「いや、たいしたことは……」

栄之助はさすがに気まずそうな顔をして口を濁した。

「ついては数日中に帰参を願い出るゆえ、あとのことはよしなにお願い申す、叔父上の墓参も済ませてまいったゆえ、今日はこれにて失礼する」

関蔵はひどく手短かに言って席を立とうとした。同じ上遠野の人間として快く迎えてくれぬのであれば、従弟など他人より面倒な存在に過ぎなかった。

「あ、いや、お待ちくだされ」

栄之助はしかし、すでに腰を浮かせた関蔵を制すと、丸顔に胡座《あぐら》をかいた鼻を膨らかして、ともかく座り直すようにとすすめた。

「三十四年振りにお会いしたのですから、何もそう急がれずとも……」

だがそれから急に態度を変えて無駄話を繰り返した挙げ句に、今後のことだが帰参して役目に励むよりも隠居してのんびり暮らしてはどうかというようなことを言った。

「そのことも考えたが、先立つものがなくては隠居もできぬでのう」

「そのような心配はご無用、暮らしのほうはこのわしがいかようにも……」

「あいにくと施《ほどこ》しは好まぬゆえ……」

「では、見舞いとしてまとまったものを差し上げてもよい」

栄之助は身を乗り出したが、関蔵はさっと立ち上がった。

「ところで、あの甲冑はいつからここに？」

「……」

「上遠野の家宝であることは承知であろう」

「それはその……つまり、女子には無用のものゆえ、お預かりいたしたまでのこと」

「ならば早々にお返し願おうか」

言い捨ててそそくさと帰る関蔵を、次の間に控えていたらしい妻女の菊江《きくえ》が見送りに出て、もし、関蔵さま、と玄関で呼び止めた。

「旦那さまには上遠野家の行く末を一番に考えておられます、なにとぞ誤解なされませぬように……」

「それは痛み入る、本家の当主として礼を申す」

関蔵は菊江にも言い捨てて立ち去った。

空は晴れ晴れとしているのに重い気分だった。関蔵は歩きながら嘆息した。邪魔者という、やりきれぬ言葉が脳裡を埋めている。国へ足を向けたときから叔父に歓迎されぬことは予想していた。それが栄之助に代わっただけのことだし、驚きもしないが、それにしても露骨すぎはしまいかと思う。

何もすべてを返せと言うのではない。齢からして隠居をすすめられておかしいとも思わない。これだけ長い歳月が過ぎてしまえば栄之助が保身を図るのも当然だろう。だが、なぜその前にひとこと長年の苦労をいたわる言葉が言えぬのだろうか。三十四年といえば人ひとりが生まれ、子を儲け、残された生涯のありようを考えはじめてもおかしくはない歳月である。その歳月を執念と絶望を繰り返して生きてきた人間の痛みがなぜ分からぬのだろうかと思った。

想像していたことが想像通りであることも不安だった。

(喜代がいなければ……)

あるいは戻らなかったかも知れぬ、と関蔵は思っている。正直、喜代と二人、食べていければ帰参せずともよいとも思う。が、喜代は何と言うだろうか。三十余年もの間、長旅を続けてきた男の気持ちが一つ所に居続けた女に分かるだろうか。けれども短ければ残り五年、長くともあと十年をどう生きるかで一生が決まる。そういう思いは、きっと喜代にもあるに違いない。それだけが関蔵の頼りだった。

途中、木立の中で休み、いくつか考え事をして帰宅したときには八ツ（午後二時頃）を過ぎていただろう。居間に喜代の甥《おい》の桑山只次郎がきていて、はじめて見る伯父を平伏して出迎えた。

「桑山只次郎にございます、ご本意を遂げられた由、聞き及びまして取るものも取らず参上いたしました、おめでとうございます」

しっかりとした物言いで面構えもよいが、いかにも部屋住みらしく、よれよれの袴に擦り切れそうな羽織を着ている。部屋の片隅に祝いの品々が積まれているのを見やり、関蔵は腰を下ろした。

（弥市どのが持たせたにしては多すぎる……）

そのことは訊かずに、関蔵は堅苦しい挨拶はそれくらいにして顔を見せてくれぬかと言った。

「はい」

さわやかな笑顔を上げた只次郎へ、

「やはり、父親似であったか」

関蔵は親譲りの太い眉をしげしげと見てから、弥市どのの使いで来たのかと訊ねた。

「いえ、あいにく父は昨日から勢《せ》田郡《たごおり》の代官所へ出かけており、戻るのは数日後になります、兄は勘定方の見習いが忙しく、母の許しを得て出かけて参りました」

「そうか、それはご苦労」

と言って関蔵は相好を崩した。

「喜代がたいそう世話になったそうな、この通り礼を申す」

「いえ、そのような……」

恐縮した只次郎だが、関蔵の表情に眉を開いて言った。

「桑山は相変わらず貧乏ですから何も……」

てっきり長年の苦労が染み付いた険しい顔をしていると思っていたのだろう、只次郎はほっとしたように白い歯を覗かせた。よく見ると、関蔵の幾分下がり気味の細い目は優しく、微笑むと深くなる皺にも嫌味がない。飾り気のない、穏やかそうな人だと只次郎は感じたようである。

「ところで、わしが帰国したこと誰に聞かれた」

「噂でございます、わたくしの耳に入るくらいですから、すでに家中で知らぬ者はないものと存じますが……」

只次郎は当然、関蔵が藩に届け出たものと考えていたらしく、言いながら腑に落ちぬ顔をした。関蔵は黙って喜代を見た。

「あの、留守中、徒士組の方々が祝いの品を届けに来られました、お断わりすればよかったでしょうか」

「……」

　小さな包みはおそらく米だろうし、酒や干物もある。だが祝いの品どころか糊口《ここう》を凌《しの》ぐのに手一杯の下士《かし》たちがどう都合したものかと関蔵は思った。その答えはすぐに只次郎が教えてくれた。

「帰参なされぬと聞いて、当座の糧なりと持ち寄ったものでございましょう」

「帰参せぬ？」

「はあ、そう聞きましたが……」

　関蔵は不快とも諦めともつかぬ顔で溜息をついた。上遠野栄之助の仕業と考えるのが道理である。この日、関蔵は栄之助に会っただけで、得体の知れぬ侍にあとをつけられたとはいえ口はきいていない。それが藩庁へ届け出る前から、帰参せぬとまで公言したことになっているらしい。祝いの品も栄之助が配下の者に持たせたとすれば納得がゆく。

「では、帰参なされぬというのは……」

　にわかに顔色を曇らせた只次郎へ、

「まあ、よい、噂は噂だ、放っておくしかあるまい、それよりせっかくの酒だ、いただこうではないか」

　関蔵は苦笑すると、喜代に酒の支度を頼み、客が来たら居留守を使うように言い付けた。

「ところで只次郎どのはいくつになられた」

「二十三になります、伯母上には未だに子供扱いされておりますが……」

「二十三か、案外いい齢かも知れぬな……」

関蔵はふと思い付いたように呟き、胸の中で燻《くすぶ》っていたその考えを只次郎にぶつけてみた。

「どうであろう、上遠野へ養子に来てはくれぬか、家督はもちろん、いずれお役目も継いでもらいたい」

「……」

「そなたが承知なら、わしは帰参しようと思う」

そう言って只次郎を見つめたが、むろん只次郎にすれば思ってもみないことで、驚きを通り越してうろたえたようだった。

「もったいないお話でございます、父もさぞかし喜びましょう、ですが栄之助さまが……」

「案ずるには及ばぬ、筋目はいかようにも立ててみせるゆえ……」

関蔵は手短かに今日のことを語って聞かせた。そのうえで栄之助が上遠野を継ぐべき器ではないと言った。只次郎のことは昨日の今日考えたことだが、帰参については前々から考え抜いている。仮に帰参となれば加増も期待できるし、復職も許されるだろう。栄之助が藪《やぶ》をつつかなければ、同時に隠居願いを出すつもりだった。けれども、只次郎を見てその考えは大きく変わっていた。

果たして只次郎は実直で、あれこれと思い悩んでいるようだった。

「帰るまでに返答を聞かせてもらいたい、この分では弥市どのにはしばらく会えぬかも知れぬ」

心なしか青ざめたままの只次郎へ関蔵が言ったとき、喜代が酒肴を運んできた。

「さ、只次郎、存分にやってくれ」

関蔵はそう言って盃を干すと、喜代にも酒をすすめた。

「遠慮は無用ぞ、この通り内輪の祝いだ」

「では一口だけ……」

にっこりとした喜代に酒を注いでやりながら、

（帰参せぬと聞いても驚きもせなんだ……）

関蔵はその落ち着き振りに感心もし安堵もした。どう転んでも暮らしがいまより悪くはならないとしても、欲を追いたくなるのが人間である。まして三十四年も待たされた女なら目の色を変えてもおかしくなかったが、喜代は関蔵が戻っただけですでに満足しているのかも知れない。

それから静かに盃を重ね、軽い夕餉をともにし、夜になって只次郎は帰っていった。只次郎は帰りしなに関蔵へ、ありがたく承知いたしますと言った。本懐を遂げた関蔵の帰国は桑山家にとっても誇りだが、これほどの意味を持つとは思わなかったのだろう、そう決断はしたものの、果たして関蔵の言うように事がうまく運ぶかどうか。不意に開けた将来への期待とは別に、只次郎の足取りには重い不安が感じられた。

「只次郎に何を申されました」

どことなく甥の浮かぬ顔を不審に思ったらしい喜代に訊かれて、わしらの養子になるように申したと関蔵は言った。

「え……」

「そう大仰《おおぎょう》に考えずともよかろう」

「ですが……お心は嬉しゅうございますが、あの子には荷が重すぎはしませぬか」

「子の力量を親が決めてはいかん、子は子で親の前では見せぬ顔もあるのだから……」

関蔵は喜代を見つめて、あれはいい徒士頭になるだろうよと付け加えた。

一夜明けると、果たして城下は関蔵の噂で持ち切りとなった。やれ武士の鑑《かがみ》だ、いや帰参せぬは不届きなり、と寄ると触るとその話となるも、栄之助の企み通り大半は帰参せぬ関蔵を誉め称える側に回ったのである。関蔵と喜代は嵐がやむのを待つかのように屋敷に閉じこもったけれども、

「田坂《たさか》五郎左衛門《ごろうざえもん》、見事な武士道に感服いたした」

門前で声をあげるものやら、

「主君に仕えずして何が武士ぞ」

とわざわざ言い争いをはじめるものが跡を絶たない。

そうした中で喜代は内職の針仕事に精を出し、関蔵は日がな一日そばで眺めていた。

「ところで、池の鯉はどうした」

その日も暮れるころになり、ふと思い出して訊ねると、

「申しわけございません、五年ほど前に食べてしまいました」

喜代はさすがに気まずい顔をした。

「それで、うまかったか」

「はい、とても……」

「そうか」

と関蔵は微笑みながら言った。

「ならば成仏《じょうぶつ》したであろう」

四

帰国して五日目の早朝に柄巻師を訪ねた喜代が見違えるように修繕された差料を持ち帰ると、関蔵はすぐさま大目付・戸田左京を訪ねる支度にとりかかった。一昨日には桑山只次郎を戸田家へ使いにやり、今日の対面の約束を取り付けている。が、城での騒ぎを案じたのだ

ろう、左京は出仕を遅らせるので城ではなく屋敷へ来るようにと言付《ことづ》けてきた。

前夜、再訪した只次郎から外のようすと戸田左京の人物を聞き込み、関蔵はすでに心の用意は済ませていたから、喜代が上下を運んでくると、てきぱきと着替えはじめた。

「あの、月代《さかやき》はどうなされます」

喜代があわてて言ったが、

「五日毎に剃るのも面倒なこと、これでよい」

関蔵はきりりと締めた元結《もとゆい》だけ確かめ、凜としていた。

仇を討ち果たした以上、帰参が叶わぬ道理はない。むしろ同時に願い出るつもりの養子願が気掛かりである。子もなく五十を越えたいま、実子出産の可能性のない関蔵と喜代にとり、甥である桑山只次郎は決して筋目違いではない。ただし帰参しないとの噂が藩主の沙汰に影響しないとは言い切れなかった。聞けばすでに、上遠野関蔵は帰参せぬ、万が一裏切るようなことがあれば斬ると言うものまでいるらしい。

「わしが戻るまで門を閉じ、一切人を入れるでないぞ」

関蔵は喜代に念を押して屋敷を出た。上下に大小を閂差《かんぬきざ》しに差し、土塀と木立の続く道をゆく姿が威風堂々として、出会うものがことごとく目を見張る。上士でさえ思わず足を止めて道を譲るほどで、

「あれが上遠野関蔵か」

と背後で囁き合う声が聞こえた。

「どこへ行かれるのでしょう」

「仇討ちの首尾を申し出られるに違いない」

「では、帰参なされるので？」

「いや、そうとは限るまい……」

大目付の役宅は大手門の東、むしろ中ノ門に近い外ケ輪の五軒町《ごけんちょう》にあって、関蔵は途中から登城する藩士と別れて脇道を歩いた。空は真っ青に晴れ上がり、風は冷えていたが微風だった。

（まずは今日を乗り切らなければ……）

歩きながら、関蔵はこれからの喜代との暮らしも立ち行かぬだろうと思っていた。そのために帰国したのだし、すべてははじまったばかりだとも思った。

（このようすでは……）

本当に伯父を狙うものが現われるかも知れない。そう思ったのだろう、菅笠で顔を隠した只次郎が外堀の木陰から戸田家を見張っていたが、関蔵は気付かぬ振りをした。只次郎からさらに十四、五間さきの木陰にも二人の人影が見えたからである。

只次郎は、この数日、関蔵のしようとしていることについてとくと考え、どこにも非はないと納得していた。本意を遂げたものが帰参を願い出るのは当然のことであるのに、家中におかしなことを言うものがいる。栄之助が操るにしろ、所詮、関蔵の帰参を阻止できるとも思えぬのだが、小藩ゆえに注目をあびすぎていることも確かだった。

ようやく山方の役目を終えて帰宅した父の弥市へ留守中の出来事を話すと、弥市は只次郎が姉夫婦の養子になることについては異存がないどころか、狂喜したほどである。だが興奮が冷めてみると、只次郎は人々の無責任な言動に腹が立ってきたのだった。

やがて関蔵が五軒町の大目付役宅へ消えて間もなく、そのことは瞬く間に家中の間に伝わったらしい。三方を山に囲まれた変化の乏しい小国であるから、三十四年もの間、他国で執念を燃やし続けた男は、それだけで好奇と畏憚《いたん》の眼に見張られていたようである。

「ありていに申して、いつ来られるかと待ちわびておったところです、長年のご苦労お察しいたす」

戸田左京はしかし、思いのほか関蔵を歓待した。若いが大目付となるだけの才覚を備えているのだろう、江戸表から仇討ちの報告は受けているし、帰参は当然のことだがと前置きしてから、

「しかし御家はいま財政難の直中《ただなか》にある」

と言った。そのため上士はもとより軽輩からも禄米を借上げてい、青息吐息の状態だという。そこへ朗報とはいえ、諸手を挙げて浪人を出迎えるのはどうかという議論が重職の間で起こり、評議の結果、上遠野栄之助には伝えるが藩として公儀の出迎えは控えることになっ

たという。つまり栄之助は喜代にも知らせず、その間に保身のための工作に奔走《ほんそう》したらしい。

「むろん、そこもとには不満であろうが、窮余のことと察してもらいたい」

左京は目を伏せて小さく辞儀をしたようだった。御家に代わり、さりげなく詫びた器量もそうだが、

「噂は噂として、まずは御存念を伺いたい」

そう言って、まっすぐに関蔵を見た眼差しにも懐の深さが感じられた。

関蔵は型通りの挨拶を済ませたのち、すでに聞き及んでいるであろう仇討ちの首尾を申し述べ、そして帰参を願い出た。

「委細、承知いたした」

左京はひとことも口を挟まずに聞き終えると、関蔵を見つめて沙汰を待つようにと言った。そして帰参は当然だが、それにはまず上遠野栄之助が致仕するか、あるいは家禄を分け与えて分家させるか、いずれにしても財政難の御家が二人を同等に召し抱えることはできぬだろうとも言った。

「むろん、それは承知いたしております」

「ご加増も評議はされるであろうが、あまり期待せぬほうがよかろう」

加増どころか扶持米の借上げを強いられている家中が騒ぎかねぬゆえ、と左京は付け加え

た。それが、つまりは帰参しないことを家中の一部が誉め称える理由でもあるらしかった。財源があるならともかく、国許で微禄に耐えてきたものが減石に等しい借上げを強いられ、事情はあるにせよ他国にいたものが加増では納得しないものがいたとしても当然のことで、関蔵は黙って辞儀をした。すると左京は眉を開いてうなずいたけれども、関蔵が続いて養子願を差し出すと、さすがに驚いたようだった。

「この儀は、いましばらく待たれよ……」

暗に栄之助との確執を問い、再考を促したものだが、

「いや、何卒よろしくお願い申す」

関蔵はきっぱりと言い返した。

「てまえはすでに五十四にて、決して早すぎるということはございません」

「それにしても……養子縁組については無事帰参を終えてからにしてはどうか、これでは隠居願も同じこと、いささかあからさますぎはしまいか」

左京が事を分けて言うのにも、関蔵は静かに首を振った。

「あからさまなれどそれが本心でござれば、少なくとも御上《おかみ》を欺くことにはなりますまい、帰参を果たした直後に願い出ることこそ騙《だま》すようなもの、仮にこれで帰参が叶わずとも御上をお恨みするようなことはいたしませぬ」

「なれど物事には手順というものがあろう、敢えて危ない橋を渡るのはどうであろうか」

「仰せの儀はごもっともでございますが、この三十四年、手順を考えて生きることなどできませなんだ、また考えていたなら仇討ちも成らなかったものと存ずる、てまえにはもうそのような生き方も城勤めもできぬゆえ、桑山只次郎に跡目を継がせていただきたいのです、それがこの老いぼれにできる殿への最後の忠義かと心得ます」

「なぜ上遠野栄之助ではいかぬ」

「あれは御家の礎となる人物ではござらぬ」

「………」

「徒士頭たるもの、徒士の心の分かるものが適任かと存ずる、父の過ちを繰り返さぬためにもこの際、桑山只次郎に任せてみるのが賢明かと……あのもの、未だ若輩なれど温厚篤実にて、いずれは人望を集める器にございます」

「御尊父の過ちと申されたが……？」

「さよう、斬られた側にも幾分かの非があったものと存ずる」

「その過ち、桑山只次郎なら犯さぬと申されるか」

「少なくとも同じ過ちは犯しますまい」

二人の遣り取りは、それからしばらく続いた。戸田左京の洞察力は鋭く、腹の中を見透かしたような鋭い質問に関蔵はそつなく答えながら、だが養子願が左京の手によって揉み潰されることはないと確信していた。言い換えれば、上遠野栄之助は大目付まで味方につけることはできなかったらしく、それは戸田左京であったからのように思われた。

左京は左京で腹の座った関蔵の使い道をあれこれと考えていたらしいが、結局は齢を考慮したようである。

「そこまで申されるのであれば殿にはありのままに言上いたそう」

「お願い申す」

「ただし……」

と左京は言った。

「しばらくは外出《そとで》は控えられるがよい、いろいろと考え違いをするものがおるゆえ、いや、まったくもってわしの目が届かぬゆえなのだが、人の口に戸を立てるのはむつかしい、いま一度達示《たっし》を出すが、これに関しては殿のご沙汰が何よりも効き目があろう、それまでの辛抱でござる」

「ご面倒をおかけいたす」

深々と平伏した関蔵へ、

「上遠野どの、人の一生とは思い通りにはいかぬものよのう」

左京はようやく破顔すると、しみじみとした口調で言った。

「なれど思い通りの一生もつまらぬものでな、ときにはお役目を忘れて諸国を旅してみたいと思うことがある」

「てまえはあと十年若返りたいと……」

「そうであろう、だが時だけは返らぬ」

「返らぬがゆえに大事に思われるのでございましょう、この歳になりますと一日が一年のごとくに大事、ましてや湯水のように時を濫費《らんぴ》してきたものにとっては、これからの五年、十年が一生にも値するように思われてなりません」

関蔵は口元で笑いながら、じっと左京を見つめた。

「そのように考えるもの、家中にそう多くはおるまいのう」

「それもやむを得ぬことでございましょう、家中の大半は下士でありながら生涯下士でしかありませぬ、武士として功を成す機会もなければ、仮に成したとしても上士にはなれません、広く世の中を見ることも叶わず暮らしに追われては夢を見ることもできますまい」

「夢？　そうか、夢を持たれたか」

「……」

「いつかその夢の話、一献かたむけながら聞かせてくれまいか」

「そのおりには銀杏《ぎんなん》でも焼きながら……」

左京がゆったりとうなずき、二人はようやく話し終えた。ほっとしたせいか、関蔵は不意にそこはかとなく匂う花の香を感じた。立ち上がり廊下へ出ると、来たときにはまるで気付かなかった青紫の桔梗《ききょう》の花が庭一面に咲き乱れていた。

「見事な桔梗でござるな」

「このように多く咲くのははじめてにございます、よろしければ幾本かお持ち帰りくださいまし」

「いや、それには及びません」

戸田家の家士と左京の三女で千春《ちはる》という娘に見送られて、関蔵は戸田家を後にした。可憐《かれん》な花もそうだが、武家娘と言葉を交わすのも久し振りで、なにやら甘酸っぱいものが胸に満ちてくるようだった。

ところが戸田家の門を出て間もなく、無粋な出迎えに気付いたのである。

「伯父上」

駆け寄ってきた只次郎へ、関蔵はじろりと冷ややかな眼を向けて言った。

「このようなところで何をいたしておる」

「伯父上の身に何かあってはと思い、念のために参りました」

「巻添えを食うてその身に何かあったらどういたすつもりだ、親御はもとより、これからは兄妹、奉公人までが頼りとする命ぞ」

「……………」

「来てしまったものは仕方がない」

関蔵は憮然《ぶぜん》として言うと、只次郎をちらりと見やり、刀の下げ緒を帯へ挟むように忠告した。戸田家を出たときから二人の侍につけられていたが、それにも只次郎は気付いていないらしかった。

「振り向かずに聞け、うしろに二人いる、この間合いで不意討ちはあるまいが、挟み撃ちかも知れん、万が一斬り付けてきたときはためらわずに逃げろ」

関蔵は歩きながら指示した。

「おのれの身を守れぬものが人を守れようか、徒士頭のお役目、そのようなことでは勤まらんぞ」

すると只次郎は頭を垂れた。果たしてしばらく歩き、木立に挟まれた薄暗い道へ差しかかると、不意に前方の木陰から若い侍が現われた。

「上遠野関蔵どのとお見受けいたす、無躾《ぶしつけ》ながら、帰参の儀、いかが相成りましたか」

直井《なおい》健次郎《けんじろう》と名乗った男は、旗奉行・直井金右衛門《きんえもん》の次男である。関蔵は答えもしないかわり無視もせず、無言のまま辞儀をして通り過ぎたが、歩きながら只次郎から男の素性を聞いて深々と嘆息した。

「物頭《ものがしら》の伜ともあろうものが、このわしを斬ってどうするつもりであったか、いつか訊ねてみたいものだ……」

「斬る？」

「こちらの返答しだいでは抜刀していただろう、愚かななりにいまが斬りごろと考えたのだろうが、あの気迫では小枝も切れまい」

帰参が叶ってからでは誰も関蔵に手は出せぬし、そこまでの愚物もいまいと関蔵は思っている。だが武士の鑑などと勝手に決めつけた挙げ句に、どうでもその虚像を守ろうとする気持ちまではとても理解できない。人ひとりを斬ることがどういうことか、若いものには分からぬらしい。そもそも憎悪や使命感がなくて、どうして人が斬れるだろうか。

(それとも……)

案外、金や名声のためなら斬れるのだろうかと、関蔵は歩きながら思った。ひどく慎重な背後の二人は栄之助の手先かその類に思われた。

「のう、只次郎、子を儲けたならば、親としてできる限り広く世の中を見せるがよい」

「はい、そのようには思いますが、国を出ることも儘《まま》ならぬことにて……」

「すると、わしの場合、父の死は無駄死にではなかったことになるな」

「それは……」

「さもなくば、わしと喜代の三十四年、無駄になろうが……」

関蔵は言ったが、ほかに過ぎ去った歳月を埋め合わすだけの理由が見当たらなかっただけである。

五

「誰も入れるなと言ったはずだが……」

留守の間に上遠野栄之助が運ばせたのだろう、帰宅すると玄関の次の間に家宝の甲冑をはじめ上遠野家に伝わる武具やら調度品が並んでい、関蔵は出迎えた喜代を睨《ね》めつけた。

「申しわけございません、栄之助どのなれば断わることもできませんでした」

「そやつが最も危ない、血縁のことなど考えるな」

関蔵が本気で怒鳴りつけたのは喜代の身を案じたからで、人を使ってでも喜代を傷付ければ関蔵がどうするか、栄之助も考えているはずだった。関蔵本人を斬らずとも結果が同じことであれば手段は選ばぬだろうし、保身のために手荒な真似をしたとしても不思議はない。関蔵の本懐成就を知ったときから、栄之助はそういう算段をしてきたようだし、養子願のことを知ればさらに焦るだろう。

「それで、何と申していた」

「やはり帰参なされるのかと……」

「で、何と答えた」

「そのおつもりのようですと……すると、よろしくお願い申す、と栄之助どのが……」

「跡目のことか」

「さように心得ます」

「そうか……」

関蔵は大きな声をあげて済まなかったと言ってから、傍らで茫然としていた只次郎へ居間へ来るように言った。

「弥市どのへ、念のためしばらくは当家への来訪は控えるように伝えてくれ、それから寺田金吾の縁者を探し出し、遺骨を引き取るつもりがあるかどうか訊ねてくれぬか」

「かしこまりました」

「ただし無理強いはするな」

足軽組の浦野兵吉《うらのへいきち》へ嫁した寺田の姪には美作ですでに断わられている、と関蔵は付け加えた。姪といっても五十過ぎの浦野家の姑であり、いまさら自分が寺田の墓を建てる義理はないということだった。伯父を斬った関蔵に対しても特別な感情は湧かぬらしく、検視のために遠国まで呼び出されただけでも迷惑だったのだろう。関蔵が仇討ちを果たさなければ、寺田の姪であることは世間も忘れていたに違いない。

只次郎が去って間もなく、関蔵は喜代を縁側に呼んで腰を下ろした。池の水面が降りそそぐ秋の陽を映して静かに輝いている。関蔵はさりげなく庭の四方へ目を配りながら言った。

「弥市どのに会って二、三、確かめてもらおうと考えていたのだが、喜代も外出は控えたほうがよいであろう」

どこかに見張りの眼があるような気がしたからだが、そのときは怪しい気配は感じられなかった。

「養子縁組のことでしたらご心配はいりません、只次郎の言う通り、弥市はきっと大喜びにございます、あの子を見ていれば弥市の気持ちは分かりますから」

「それもあるが、弥市どのには只次郎の嫁取りのこと、すでに考えていようか」

「え……」

と言ったきり返事がないので見ると、喜代はくすくすと笑っていた。

「どうした？」

「え、ええ、それが只次郎には好きな娘御がおります、高嶺の花と諦めてはいるようですが……」

「高嶺の花？」

「はい、戸田家の千春さまにございます」

「あの大目付の？」

「はい、一度、組屋敷の近くで道を訊ねられたことがあるそうで、案内して差し上げたそうです、とても気さくで美しい御方だと申しておりました」

「しかし、それだけのことで、なぜそうだと分かる」

「分かりますとも、あの子が女子の話をするときは決まって千春さまのことですから……ですが、なぜそう急がれるのです」

喜代は怪訝そうに関蔵の顔を覗くと、よい機会だと思ったのだろう、帰国して以来、関蔵のすること為すことが一呼吸早いように思えてならなかったと言った。それは夫を待ち続ける間に、重ねてきた歳とともに染み付いてしまった辛抱強さとも気長さともつかぬ性質が、なおさらそう思わせているのだろうと言い聞かせていたという。だが帰参も決まらぬうちから養子の嫁探しとは、いかに何でも気が早すぎはしまいか。

「なにやら旦那さまはわたくしの倍も息をしているようで……」

少し恐いのです、と喜代の眼は言っているようだった。

「しかし、そうのんびりとはしておれん」

と関蔵は言った。正直なところ、できるならいますぐにでも喜代を連れて旅立ちたかった。帰参や栄之助のことなど忘れて、喜代と二人、自由に生きてみたい。それにはこの国にいては駄目だとも思っていた。

二人で国を出、どこか新しい土地で余生を過ごせたらどれほど素晴らしいだろうか。帰参が叶わぬときはもちろん、叶ったときもすぐさま只次郎に跡を継がせて旅立ちたい。だからこそ只次郎にもいち早く嫁を取らせたいと考えている。むろん只次郎の世話になる気などはなく、家名も禄もくれてやるつもりだった。

「やはり、話しておこう」

しばらく考えてから、関蔵は呟くように言った。

「どうであろう、上遠野の家は只次郎に任せて、わしと江戸へ行ってくれぬか……」

恐る恐る喜代の顔を覗くと、寝耳に水であろう喜代は意外にも破顔して、はいと言った。只次郎を養子にすると聞いたときから、喜代は喜代でどこかでそんな気がしていたという。只次郎を入れて三人で暮らす楽しみもあるが、関蔵の気持ちもよく分かる。死ぬ前に関蔵と再会できたことだけでもよしとせねばならぬし、その関蔵が二人で暮らそうと言うのであれば、江戸だろうとどこであろうとかまわぬと言った。

「本当によいのか」

むしろ驚いた関蔵のほうが、喜代がうなずいたのでほっと胸を撫で下ろした。もしも喜代が首を横に振ったなら、どうしたものかと内心では恐れていたのである。無理強いはしたくないが、他国で暮らしたい。江戸でなくともよいが、一度は江戸を見せてやりたいと思う。江戸に楽な暮らしが待っているわけではないが、何もかも忘れて二人だけで過ごしてみたいと思い、すでに神田相生町《あいおいちょう》に住む知人にその下準備を頼んでいる。はじめからそうした気持ちで関蔵は帰国したのだった。

このまま世の中を少しも見ずに死を迎えるとしたら、喜代の一生は台無しだと思ったこともある。三十四年も前に亡くなった久作のために二人の一生は狂ってしまった。何事もなければ二人の間に生まれていたであろう子は、この世を見ることもなかった。これでは久作のほうがよほど思い通りに生きたことになり、関蔵には納得がゆかなかった。

再び会うこともなく死んでいった母はどうであろう。突然、病でもない夫を失い、以来何を支えに生きたのだろうか。ひとり息子に会うこともできず、孫の顔を見られるでもなし、貧しく孤独な死を迎えたに違いない。

喜代は静かな死だったという。だが無念でなかったはずがない。愚痴を言う気力もなかったのではないか、あるいは叫びたくとも叫べずにいたのではないか。喜代への思いとは違うところで済まぬと思う。早く戻らなかった自分の罪であることは百も承知だし、取り返しもつかない。しかし、だからこそ喜代にだけは同じ道を辿らせたくはないと思う。

「となると話は早い、さっそく屋敷の片付けと旅支度にとりかかろう」

関蔵は熱心に言った。

「それはまたお気の早い……」

「いや、それでなくともわしらは出遅れておる」

「では、取り敢えず玄関のものから……」

「いや、あれはよい、武具を残して売り払うゆえ、明日、只次郎が来たら古物屋を呼んで持っていかせる、只次郎も当座の金がいるだろうし、わしらも江戸までの路銀がいる、なに、着いてからのことなら案ずるな、知人にいろいろと頼んであるゆえ、しばらくはのんびりできるだろう」

すらすらと話し出した関蔵へ、それは手回しのよいことですと言って喜代が笑った。

「もしも、わたくしがついてゆかぬと申したときはどうなされるおつもりでした」

「それは、その、来てくれるものと信じていた……」

すると喜代はまたくすくすと笑った。

「喜代は強くなったな」

「いいえ、旦那さまほどではありません」

その日も暮れて片付けを終えた二人は、夕餉をとると戸締まりを固くしてひとつ部屋に床を延べた。用心のためである。夕刻に庭を掃いていた関蔵が塀越しに屋敷のようすを窺う人影を見かけたからで、どこのものとも分からぬが好意を持つものでないことだけははっきりとしていた。

「何を認《したた》めておられるのですか」

床を延べたものの、眠れずに部屋の片隅で文机《ふづくえ》に向かっていると、喜代がこちらは縫い物をしながら声をかけた。

「隠居願と遺言状だ、これで栄之助も只次郎に手は出せん、で、喜代は何を縫っている」

「胴巻でございます、旅ははじめてでございますから」

「そうか、それはよいが、あまり根を詰めぬようにな」

「大丈夫です、馴れておりますから……」

その夜、喜代が寝付くのを待って、関蔵は密かに大刀を抱いて夜具に入った。まさかとは思いながら、そのまさかが起きて父は死んだのだからと思った。

(ひとつ山は越えたが……)

目を閉じて聞くともなしに虫の音を聞いていると、ややあって、

「お休みなさいませ」

と喜代が言った。

六

大目付の達示が効いたのだろう、門前で大声をあげるものもいなくなり、屋敷は静かな秋の声に包まれている。

この五日の間に関蔵を訪ねたのは、桑山只次郎と上遠野栄之助、それに古物屋の主人の三人だけであった。

只次郎は寺田金吾の縁者を二人探し出したものの、

「いまとなれば他人も同じこと、そちらさまでいかようにでもご処分くださいませ」

と口を揃えて遺骨の引き取りを断わられている。縁者といっても姓も違う嫁方のもので、

墓をたてる余裕も義理もないといった返答だったらしい。もっとも寺田金吾の両親と娘は事件直後に自刃し、血族の大半は国を追われて、いずこへ去ったものかも分かっていない。国に留まったのは他家へ嫁していた姪を除けば、関蔵と只次郎の間柄よりも縁の薄いものたちである。

「どこぞの山にでも、わしが埋葬しよう、そのほうが奴も喜ぶかも知れん」

寺田のことはそれでよい、と関蔵は只次郎へ言った。遺骨の引き取り手がないことは十分に予想されたことだった。

「なにかと物入りではと存じつき……」

栄之助は切り餅（二十五両）を土産に現われ、これからはいろいろと世話になるだろうから遠慮は無用に願いたいと言った。関蔵の帰参が決まれば、あとは分家として禄を分けてもらうか、うまく言質《げんち》を取り付けて隠居させるしか、栄之助が返り咲く手はない。掌を返したように親身になるのはそれだけ栄之助の分が悪くなった証だろう。

「はて、どういう意味であろう」

未だに養子願のことは知らぬらしいと分かり、関蔵はしらばくれたが、栄之助は別の意味にとったらしく、

「これはしたり」

と苦笑いを浮かべて、さらに十両を加えた。

「是非にと言うのであればいただかぬでもないが、本懐成就の祝いと考えてよろしいかな」

「それはもう、いかようにお考えいただこうとも……魚、心あれば、水、心あり、いつの世も金子の役目は決まったことにて……」

「さようか……」

関蔵は怒りを隠して金を受け取った。三十四年の間、喜代が手にするはずであった扶持を思えば三十五両などただ同然である。聞けば喜代と母が上遠野の米を食したのは当初の五年足らず、それからは催促する度に家財を取られ、それもなくなると一俵たりとも貰えずにいたという。関蔵が存外素直に金を受け取ったことで、栄之助は満足気な顔をして帰っていったが、関蔵にすれば当然の仕返しをしたまでだった。結果、古物屋の主人から受け取った四十両と合わせて、関蔵は僅かの間に七十五両という大金を手にしていた。

その日の夕刻になり、大目付の戸田左京から不意の使いがあった。平伏して出迎えた関蔵へ、使者は明日四ツ（午前十時頃）に登城すること、帰参の儀についてはそのおり筆頭家老・石倉平左衛門《いしくらはんざえもん》より沙汰があるだろうと告げた。殿中で沙汰を言い渡すとなれば十中八九帰参は叶ったとみてよく、おそらく養子願も許されるだろうと関蔵は思った。戸田左京の添え状にも婉曲《えんきょく》にそれらしいことが書かれていた。

関蔵はほっとしながら使者を帰すと、次の間に控えていた只次郎を呼び、明日は登城の供をするようにと言った。

「すべては明日で決まるであろう」

ただし万事うまく運んだとしても、まだ相続のことがあった。帰参して養子を迎えただけでは自由の身にはなれぬし、ひとたび役目に就いてしまえば退くには時もいり、覚悟も揺らぐだろう。そうなると只次郎を養子に迎える意味が薄らぎ、喜代と江戸へ行くことも叶うかどうか。

関蔵は帰参と同時に隠居を願い出るつもりでいる。そのことは左京が察したように家老も考えているかも知れない。だが藩主はどう思うだろうか。長年の苦労を察し、老いた家臣を哀れむだろうか。それとも家中の手本として手元に留めおくだろうか。

いや、と関蔵は思った。上意討ちならともかく、仇討ちは主君への忠義ではない。強いて忠義といえば脱藩した罪人を討ち取ったことだが、それも足軽一人にすぎない。

(いずれにしても……)

明日は喜代と二人のこれからを賭けて勝負に出るしかあるまい、負ければ後はないのだと関蔵は思った。

凍り付いたような長い黄昏《たそがれ》が夜に変わるころになり、関蔵は只次郎へ江戸行きのことを語った。

只次郎は目を丸くして、それではお世話する暇もないと食ってかかったが、関蔵が事を分けて話すうちに、人生の大半を言わば人殺しのために費やしてきた男の心境は理解したようだった。

「そう大仰に考えるな、それよりそなたはまだ若い、早くひとり前になり、嫁を取り、子を儲け、弥市どのを安心させてやれ、それが何よりの孝養であろう」

「その通りですよ、只次郎、わたくしたちにはすでに親も子もなく、老い先も知れているのです、分かってくださいね」

「伯母上はそれでよろしいのですか、三十四年もただただ我慢し、苦労してこられたというのに、それでよろしいのですか……」

「これからは苦労ではありません、湯治《とうじ》に出かけたとでも思ってください」

喜代の笑顔だけが只次郎には救いに思われたようである。その齢で国を捨てることがいかに無謀であるかを思うと、二人の勇気に呆れる一方で感心したようでもあった。

「湯治にも金がかかりましょう」

と只次郎はほぼ諦めた口調で反論した。

「そのことなら心配はいらん、いま当家には七十五両という大金がある、江戸で寺子屋を開くには十分すぎるくらいだ」

「寺子屋？」

同時に声をあげた只次郎と喜代へ、

「悪い考えではなかろう」

関蔵は微笑みながら言った。

「小さな夢だが、見果てぬ夢の中に生きるよりはいい……」

だがその夜、関蔵は幾度となく目覚めた。寝入り端《ねいりばな》を襲った雨の音が耳について離れず、深い眠りにつけずにいたのである。あるいは登城を前にした緊張と不安で寝付かれなかったのかも知れない。暗闇の中で家老との遣り取りを考えるうちに不安はとりとめもなく膨らんでいった。

もっとも何をどう問われようとも答は用意してあるのだし、一言一句失念するはずがなかった。ただ不安は自信とは関りなく押し寄せてきて、繰り返し確かめずにはいられなかったのである。

七

明け方まで降り続いた雨が銀杏の葉を重くしたのだろう、根元に葉を落とし、心なしか風通しのよくなった枝が雨雲を送った風に微かに揺れている。

五ツ半（午前九時頃）には居間に小綺麗な羽織袴姿で控えていた只次郎を連れて、関蔵は屋敷を出た。前日まで屋敷の周りをうろついていた人影は見えず、何もかもがしっとりとしている。雨はすっかり止んでいた。

「堂々と歩こう」

 玄関を出たところで、関蔵は只次郎に声をかけた。すでに藩士は登城を終えて、道は広いはずだった。

喜代に見送られて表門を出ると、果たして道は静まり返っていた。行く手に聳《そび》える城山には雲の切れ間から白い斜光が差してい、これから晴れ上がるのか再び雨になるのか判然としない景色の中で、その光は関蔵自身の運命を照らしているようにも見えた。

関蔵は雲切れを一瞥してゆっくりと歩き出した。もう何も考えていなかった。家老相手に考えて話すようでは口が震える、何もやましいことはないのだと言い聞かせながら歩いた。

「裏切りもの」

「恥を知れ」

家を出て間もなく、屋敷町の物陰から幾度か罵声を浴びせられたが、関蔵も只次郎も悠然と構えて挑発には応じなかった。ほかには何事も起こらず、およそ小半刻後に城へ着くと、関蔵は只次郎に城門脇の番所で待つように言って、ひとり城へ上がった。只次郎を連れてきたのは万が一のときに遺骸を引き取らせるためで、会談の成り行きしだいでは腹を切ることも関蔵は密かに考えていた。それくらいの覚悟がなければ、藩士としても三十四年の空白のある男が老功な筆頭家老を取り込むのは不可能だろうし、そのときは不届きを承知で藩主へ上書するつもりだった。

本丸の玄関から家老の側近に案内されて御用部屋へゆくと、石倉平左衛門はすでに執務していて、黙って関蔵を出迎えると書役をひとり残して側近を下がらせた。書類や絵図の散乱する部屋で、関蔵は初対面の家老に帰国の挨拶をした。

「大方のところは戸田より聞いておる」

面《おもて》を上げた関蔵へ、石倉家老は楽にしろと言った。小柄だが眼光の鋭い、見るからに頭の切れそうな男だった。歳も同じくらいだろうか、やはり色黒の容貌を関蔵が視線を低くして見ていると、

「さっそくだが……」

と石倉家老が言った。多忙なことは雑然とした部屋を見れば明らかだったが、回りくどい話も好まぬらしかった。

「殿には帰参も養子を取ることも許すと仰せである、本意を果たしたからには帰参は当然のこと、そこもとの齢からして養子縁組もしかり……」

ただし、ひとつ条件があると言って、家老はきょろきょろとあたりを見回した。それから文机の上にあった湯呑を取ったが、茶は飲んでしまったらしく、憮然としてまた茶托《ちゃたく》へ戻して続けた。

「いきなり隠居は困るぞ」

「………」

「隠居して上遠野栄之助に家督を譲るというのであれば話は別だが……」

「お言葉ながら、それでは養子の意味がございません」

言いながら、関蔵はどうやら栄之助が石倉家老に取り入ったようだと思ったが、意外なほど落ち着いていた。

「たしかに栄之助は上遠野の一族ではございますが、残念ながら上遠野を継ぐ器ではございません、上遠野は甥の桑山只次郎に継がせる所存にございます」

「それは一向に構わぬ、だが徒士頭はどうする、上遠野栄之助が致仕し、そなたが隠居していったい誰が務める」

「むろん桑山只次郎めにございます」

「城へ上がったこともない若輩にいきなり大役が勤まると思うか」

「やってやれぬことはございますまい、一年もすれば栄之助などよりよほど目の利く徒士頭となりましょう」

「ならばその一年だけでもそなたが務めてはどうか」

「それも考えましたが、正直、てまえにはもう堅苦しい城勤めは勤まりませぬ、三十四年の垢はそうたやすくは落ちませぬゆえ」

「やってやれぬことはあるまい」

皮肉な笑いを浮かべた石倉家老へ、

「いっとき桑山只次郎を小柳忠蔵《こやなぎちゅうぞう》どのへお預けいただくわけにはまいりますまいか」

と関蔵は言った。小柳忠蔵は四人いる徒士頭のひとりで最も年長の男である。

「見習いか」

「はい、その間、上遠野組は小柳どのの指揮下に……」

「ふむ……」

石倉家老は傾きかけたようだったが、しかしなぜそうまで隠居にこだわると言った。

「隠居して何をいたすつもりだ」

「何もするつもりはございません、強いて言えば三十四年も放っておいた妻に人並みの暮らしをさせてやりたいと存じます」

「それだけか」

「ほかに望みはございませぬ」

「三十四年か……」

それにしては欲がなさすぎると思ったのだろう、石倉家老は呟くと関蔵の眼を刺すように見た。それから思い出したように言った。

「ところで仇は美作で討ったそうだが、よく寺田と分かったな」

「分からずに討てましょうか」

「戸田の話では寺田は七十歳だったそうではないか、人相も変わっていただろう」

「当然のことながら、髪は白く、歯は欠け、痩せ衰えておりましたが、見紛《みまが》うほどではございません」

「斬らずとも死んでいたかも知れぬな」

「仰せの意味が分かりかねます」

関蔵は険しい眼で家老を見返した。美作では公儀の役人が遺体の検視もしているし、国許に照会もしている。そのことを筆頭家老が知らぬはずがなかった。だが目の前の家老の顔には明らかに疑念が浮かんでい、それが何かの策略なのか、ただの疑念なのか関蔵には見分けがつかなかった。

関蔵が黙っていると、石倉家老はひとつ咳払いをして言った。

「運がよかった、そうではないか」

「三十四年も費やし、運がよかったとは思えません」

「仇が生きているうちに巡り合えたことだ」

「…………」

「どこぞでひっそりと死なれていたら、死んだことすら証せぬではないか、三十四年は長いが、ともかく巡り合えたことは運がよかった、違うか」

「そうかも知れません、しかしその運の下にも積み重ねた苦労がございます」

「むろんだ、それを否《いな》みはせぬが……」

石倉家老はそう言うと、再び関蔵を凝視して隠居の儀は追って沙汰すると言った。おそらく重職会議にかけるのだろうと関蔵は思ったが、気のせいか家老の口調にはすでに否定的な結論が滲《にじ》んでいるように思われた。いずれにしても結果は予期していた通りで、これ以上の論議は実らぬだろうと思った。

「なにとぞよしなにお願い申し上げます」

関蔵は持参した隠居願を出してから、もうひとこと言い足した。

「率爾《そつじ》ながら殿に御目見《おめみえ》いたしたく、お取り次ぎをお願いいたす」

「なに……」

「それがし、未だにご尊顔を拝したことがござらぬ、帰参を許されたいま、近習頭分たる家臣として主君の御顔を知らぬでは済みますまい」

関蔵が留守の間に代替わりした藩主の顔を知らぬのは当然だが、石倉家老はすぐに関蔵の意図を見抜いたようだった。

「そう急がずともよかろう、対面の儀はいずれ折をみて……」

「いや、是非ともお願い申す、明日が頼りにならぬことはこの身に染みております」

「急ぐなと申しておる」

「………」

「それとも直訴でもするつもりか」

石倉家老が声を低くするのへ、

「はて、何のことでございましょう」

関蔵は微塵もゆるがぬ態度で言った。

八

城を下がったときには、すでに日が暮れかけていて城内は人影も疎らだった。大手門を出ると、門番に追い出されたらしく、外堀の向こう側で待っていた只次郎が小雨の中を猛然と駆け寄ってきた。

「伯父上……」

「待たせたな」

と関蔵は微笑して言った。

「これより上遠野を名乗るがよい、殿の御墨付きをいただいてまいった」

「ま、まことでございますか」

関蔵を待つうちに不吉な予感を覚えていたのだろう、朗報に声を震わせた只次郎へ、関蔵は大きくうなずいてみせた。

「さて、並んで行くとするか」

「はい、父上」

「父上か……悪い気分ではないが、これまで通り伯父でよい、伯父でな……」

城山を下る道すがら関蔵は只次郎に殿中でのことを手短かに語った。石倉家老との会談を終えてから二刻余り待っただろうか、ようやく御目見が叶うと、まだ若いと言ってよい藩主の飛騨守《ひだのかみ》に求められて仇討ちのようすを語った。そのおり直々に隠居を願い出る機会を得たのである。飛騨守はことのほか関蔵の話に感動し、その場で関蔵の願いをことごとく叶えてくれた。

（まったく……）

運がよかったと、関蔵はつくづく思っている。

意外だったのは飛騨守も栄之助を疎《うと》んでいたことで、

「とかくの噂があるらしい」

と言明は避けたものの、言葉の端から察するに、何事も器用にとりつくろう如才無さが却って気に入らぬらしかった。それにしても関蔵にとっては大きな賭けであり九死に一生を得た思いだった。下手をして飛騨守の機嫌を損ねていたら、結果はまるで逆になっていただろう。

「そういえば、わたくしも仇討ちのお話は伺っておりません」

只次郎が思い出したように言ったが、

「あまり気持ちのよい話ではないゆえ、聞かぬがよい、わしも話したくはない」

関蔵はきっぱりと拒んだ。いまさっきしたばかりの話を繰り返したくもなければ、思い出したくもなかった。

城山を下り切ったときには雨は霧雨に変わっていた。見ると西の空には沈む日が姿を現わし、遠い山脈の上空を赤く染めている。葉が落ちた桜並木に差しかかったところで、前方に蓑《みの》を羽織りこちらへ歩いてくる足軽らしい軽輩の姿が見えて関蔵は目を凝らした。彼はまだ十間も先にいるのだが、じきに立ち止まり、道端へ寄ると、下駄を脱ぎはじめた。

(平伏などせずともよい……)

関蔵が密かに思う間もなく、男は平伏した。

「急げ」

と言って関蔵は足早に歩き出した。男は蛙《かえる》のように両手を泥濘につき、じっと動かずにいる。ご苦労と声をかけて男の前を通りすぎると、関蔵は再び足を遅くした。

「無意味な平伏にございます、せめて雨の日くらいは……」

只次郎が言って溜息をついた。

「それが決まりゆえ仕方あるまい」

「しかし……」

「せずともよいと言ってやりたいのだろうが、あの者が次に出会う上士もそう思うとは限らぬ、とすればあの者の心に混乱を招くだけで為にはならぬであろう、身分あっての武家の世ゆえ、わしらにできるのは足早に立ち去ることくらいだ」

「あの者、伯父上の意を解したでしょうか」

「どうかな、分かる者には分かるであろう」

只次郎が静かにうなずいたとき、道は屋敷町に差しかかり、二人は最初の屋敷の角を左へ折れた。そのとき、行く手に立ち塞がった者がいる。

「これはお役目ご苦労にござる」

並木から外れた桜木の陰で待ち伏せていたのは上遠野栄之助父子だった。

「この雨にどちらへお出かけかな、そちらの御仁、今日は菅笠を忘れられたか」

咄嗟に若い男の姿付きが墓参の帰りに跡をつけてきた侍と似ていることに気付いた関蔵が言うと、栄之助は傘をさしたまま、

「倅の新一郎《しんいちろう》でござる、それより帰参の儀、いかが相成りました」

相変わらず無礼な物言いをしたが、関蔵は目を剝くどころか、むしろよいときに出会ったと思った。これでわざわざ栄之助の屋敷を訪ねる手間が省けたと思ったのである。

「お蔭をもって先刻、殿より直々のお許しをたまわった、いずれ知れることゆえ申しておくが、お許しいただいたのは帰参だけではない、養子縁組ならびに家督相続の儀もお許しくだされた……よってその方は御役御免、上遠野家はこれにおる甥が継ぐこととなった」

途端に栄之助の顔が引きつり、血の気が失せてゆくのが見えるようだった。

「な、何と申された……」

「父上、こやつに騙されたのです」

新一郎が傘を投げ出して叫ぶのへ、

「こやつとは無礼な」

すかさず只次郎が応じた。

「きさまは桑山……」

「上遠野只次郎である、これ以上無礼を申すと許さん」

すると栄之助は愕然として開けた唇を震わせたが、新一郎はさっと刀の鯉口に指をかけた。只次郎を見る眼が血走っている。

「よさぬか」

只次郎が身構えるのと同時に、関蔵は一喝して新一郎を睨めつけた。

「そなたにわしらが斬れるか、逐電し乞食となって生きる覚悟があるのか、運よく領外へ逃れたとしても生涯心休まることはないのだぞ、それでよければ抜いてみろ」

果たして新一郎は怯《ひる》んだ。関蔵の気迫もさることながら、その言葉に怯えたのである。

かわりに栄之助が震える声で言った。

「何故《なにゆえ》、何故、このような仕打ちをなさる」

お役目、ひいては禄がすべての栄之助にとってこれ以上の痛手はなかったであろう。青ざめた顔を見つめながら、関蔵は静かに首を振った。

「そのようなことも分からぬとは情けない限りよのう、栄之助……」

「……」

「人我に辛ければ我また人に辛し、また人は落ち目が大事ともいう、おのれの所業と合わせてとくと考えてみることだ」

関蔵が冷静であればあるほど怒りは募るらしく、栄之助は仇でも見るような眼を向けてきた。

「たわけ、まだ分からぬか」

「く、うう……」

憤懣《ふんまん》やる方ないのだろう、やがて栄之助が巨体を硬直させて呻《うめ》くのに、驚いた新一郎が支えようとしたが、力足りず二人は泥濘にがくりと膝をついた。

「参るぞ」

と言って関蔵は歩き出した。

「伯父上……」

追い付いた只次郎が栄之助父子を振り返るのへ、

「構うな、三十四年の辛苦に比べればこれしきのこと……」

関蔵は振り切るように言った。その三十四年から、関蔵はようやく解放された思いでいた。

九

諸般の手続きを終えたときには後の彼岸も過ぎて寒露《かんろ》を迎えていた。それでもかなり早く済んだほうで、藩主の直々の沙汰が効いたのだろう。

ちょうど観菊の季節で、上遠野家の庭にも畑の近くにほんの一握りの菊がひっそりと花をつけている。朝方、関蔵が縁側から眺めていると、竹箒《たけぼうき》で庭を掃いていた喜代が、急に思い立ったように鎌で数本の菊を切って運んできた。

「只次郎に言って仏さまに差し上げてくださいまし、わたくしはもう少し庭を……」

「気持ちは分かるが、あまり時はないぞ」

喜代へ微笑みかけて関蔵は立っていった。

前夜、桑山弥市夫妻を迎えて別れの宴があった。ごく内輪のささやかな酒宴で寛《くつろ》いだ雰囲気だったが、弥市はときおり関蔵と姉の顔を交互に見つめては溜息を繰り返し、心から別れを惜しんでくれた。只次郎はもちろん、弥市もせめてあと数日なりとのんびりしてはどうかとすすめたが、関蔵と喜代は今日の出立を変えなかった。

「歳を取ると気が短くなるらしい、気持ちはすでに江戸へ向かっているのだ」

「義兄上《あにうえ》は旅馴れておられますが、姉上にとってははじめての長旅でございます、道中、何事もなければよいのですが……」

「なあに、ゆるゆると参るゆえ心配はいらん、季節も旅にはちょうどよいし、これ以上遅れると却ってつらくなる」

一夜明けると、晴れてすがすがしい朝だった。澄み切った空の下、喜代はまだ名残惜しそうに庭を掃いている。関蔵は只次郎を居間に呼んで菊を渡すと、ついでに当座の金子と一通の書状を手渡した。

「挨拶回り、奉公人、身支度とかかりがかさむであろうが、いまのわしにはこれしか都合できぬこと、許してもらいたい、お役目を押し付けておいて言うのもなんだが、焦らずゆるりとやるがよい、なお今日より上遠野五百次《いほじ》と名乗られよ」

五百次は上遠野家初代の名で、若いころの関蔵が漠然といつかは継ごうと思っていた名である。書状は大目付・戸田左京へ宛てたものだった。只次郎には今日にも届けるように言い付けた関蔵で弥市の承諾も得ている。

「いつまたお目にかかれるでしょうか」

只次郎は僅かの間に顔付きが引き締まり、眼も輝いていたが、不思議なほど太い眉が寂しげだった。

「さて、それは分からぬが、お役目で出府したおりには顔を見せてくれ」

「必ずそういたします」

「それから栄之助のことだが……」

少しずつでよい、目に掛けてやれと関蔵が言ったとき、突然、喜代の悲鳴がして二人は顔を見合わせた。只次郎が履物も取らずに庭へ飛び出すと、喜代は竹箒を握りしめたまま身動きもできずにいた。

「どうなさいました」

「へ、蛇《へび》です、ほら、そこに……」

喜代が震えながら指差した先を見ると、二尺ほどの黒っぽい蛇がのろのろと這っている。落ち葉の下に潜んでいたところを起こしてしまったらしいが、この時分に地上にいるのは珍しく、動きも鈍かった。

「大丈夫です、伯母上」

只次郎が笑って言うのを、関蔵もほっとして眺めていた。

「ただの穴惑い、毒はありません」

「そろそろ秋も暮れるというのに穴が見つからぬか」

関蔵が言うと、喜代は急に哀れを催したらしく、

「どうするのでしょう」

と言った。

「穴に入らねば冬は越せまい、見つからねばそれまでだろう」

「でも、この庭に穴など……」

喜代の知る限り庭にそれらしき穴はなかったし、雨で固くなった土に蛇が穴を掘れるとも思えなかったのだろう。

「人目につくような穴では用をなすまい」

「さ、伯母上、あとはわたくしの仕事でございます、庭も畑も大切にしますからご心配なく、それよりもいつかまたこの庭を見にお越しください」

それでもじっと蛇の行方を見つめる喜代へ、

「ぎりぎりのところだ、運がよければ助かる」

関蔵は呟くように言った。

朝餉をすませて間もなく、二人は江戸へ向けて出立した。奇しくも関蔵は再び木箱を下げて、来た道を引き返すことになった。

城下外れの丘まで見送ってきた只次郎がいつまでも立ってい、ときおり振り返る二人へまだ手を振っているようだった。

「只次郎に何を渡されたのですか」

松林を貫く道へ入り、ようやく只次郎の姿が見えなくなると、喜代が訊ねた。

「戸田どのへの礼状だ、無躾とは思ったが御礼かたがた只次郎の後見をお願いした、それから千春どののことも……」

「千春さまの?」

「うむ、上遠野の嫁になる気はないかと、まあ、それらしきことをな……」

「まあ、そのようなことを……」

「ことによると案外早く孫の顔が見られるかも知れんな」

関蔵が言い、二人は顔を見合わせて笑った。

木漏れ日を頼りに松林を抜けて山路へ入ると、空は晴れているが風は冷たかった。それでもうっすらと額に汗を浮かべ、息遣いの荒くなった喜代へ、関蔵は上り坂の途中で少し休むかと言った。

「まだ大丈夫です、腰を下ろすと立つのが辛くなりますから、このままゆっくりと参りましょう」

「先は長い、わしに遠慮はするな」

「はい、そうさせていただきます」

喜代は明るい顔で応えたが、やはり我慢しているようだった。関蔵はさらに足取りをゆるめて、喜代の息遣いに耳を澄ました。失った時の長さを思うとき、夫婦として欠いてしまったものを感じないとは言えない。それを少しずつ取り戻す旅にしたいと願うのは喜代も同じらしく、二人はそれぞれに、本当に遠慮が取れるのはこれからだろうと思いながら、深い緑の山路を上っていった。

「このあたりでよかろう」

その日のうちに最も近い国境を越えて間もなく、しばらく杉生《すぎう》の続く道で関蔵は急に立ち止まって太息をついた。すでに日は暮れかかり、あたりは薄暗く森閑としている。人気のないことを確かめてから、関蔵は喜代を道端の倒木に座らせた。

「実は話さねばならぬことがある」

「このようなところで何でございましょう」

怪訝そうに見上げた喜代へ、

「これだ」

と言って、関蔵は片手で木箱を掲げて見せた。それから、さっと背を向けて杉叢《すぎむら》へ放り投げた。

「あっ」

と声にならぬ声をあげて喜代は立ち上がったが、いったい何が起きたのかと、木箱が落ちたあたりの繁みを見つめて呆然としている。

「案ずるな……」

関蔵は振り向いて言った。

「中身はただの灰だ」

「え……」

「つまり寺田金吾は生きておる、いや、すでにこの世にはないかも知れぬが、いずれにしても本懐を遂げたというのは嘘だ」

「……」

「呆れたか」

呆れたどころではなかったろう、喜代は茫然自失の体《てい》で関蔵を見つめた。夫のしたことを思うと恐ろしくてたまらぬのだろう。

「ひどい男であろうが……」

関蔵が見つめ返すと、喜代は返事もせずにへなへなと座り込んだ。

だが、後にも先にも関蔵が打ち明ける機会はなかったのである。ここで打ち明けたことすら関蔵には大きな賭けであった。言わずにおくこともできたが、これからともに暮らす喜代にだけは知っていてほしい。さもなくば残りの人生までが嘘になるような気がした。

「もう四年前になる……」

驚きのあまり放心している喜代へ、関蔵は静かに語った。ときおり鳥の鳴き声が静寂を破る以外は邪魔するものはなかったが、関蔵が言葉を尽くせば尽くすほど喜代は暮色の中で青ざめていった。

（やはり三十四年は長すぎたか……）

関蔵は喜代の反応を恐れながらも一息に話し続けた。

誰が悪いわけでもない。それほど仇を討つということはむつかしく、関蔵にすればどうにか見失わずに追うことができただけでも幸運だった。しかも野垂れ死にもせずに生き延びてこられた。二十二歳のときに武州・八王子《はちおうじ》ではじめて出会ったときには名乗りをあげて斬り合ったが、危うく返り討ちに遭うところだった。以来その姿を見たら不意討ちと決めて跡を追い、幾度か斬り付けたものの、寺田の剣に勝ることはなかったのである。寺田は斬り結びながらもうまく逃げたし、物陰に潜むのも得意だった。

それが四年前のこと、丹波《たんば》越えの山中で寺田の方から関蔵の前に姿を見せたのである。四日の間、道に迷い、食物も尽き、餓死するものと覚悟したとき、

「もし、上遠野さま……」

どこからともなく現われた老爺が寺田金吾だった。仇を前に抜刀する力もなく、座り込んだまま見上げていると、

「ここに少々の焼き米がございます、どうぞ召し上がれ、そしてこの皺首を刎《は》ねるがよろしい、わたくしの命もせいぜいあと数年、もう惜しくはございません」

そう寺田が言った。

「有《あ》り体《てい》に申し上げて、疲れ果て生きる気力もないのです、あなたさまもよくぞ今日まで追ってこられた、仇のわたくしがこう申すのもおかしなことですが、いまならあなたさまもやり直せましょう」

ひどく落ち着いた口調で敵意は微塵も感じられなかった。久しく間近に見ていなかったせいか、関蔵は老いた寺田に驚き、奮い立つよりさきに哀れにすら感じた。憎しみを通り越し、親しみすら感じる。と同時に、その皺顔を見て自分も寺田と同じ歳月を過ごしてきたことに愕然とした。

目の前の寺田を老爺と言えるほど自分も若くはない。寺田の言うように、いまならまだやり直せるかも知れないと思った。

それからすすめられるままに焼き米を食らい、首を刎ねようとした。

ところが、いざ刀を振り上げたとき、

(これで帰参できる……)

脳裡に浮かんだのは父を殺された恨みではなかった。はっとして虚しさに襲われるのと同時に、自ら暇乞《いとまご》いをし、帰参するために何十年も費やしてきたのかと思うと無性に腹が立った。父の恨みを晴らすはずが、いつしか帰参するための仇討ちに変わっていたのである。いつからかは分からぬが、三十年も経てしまえば同じことだった。

(千載一遇の好機を逃してどうする、仇に情けをかけるなど女々《めめ》しい……)

それでも柄《つか》を握る手に力を込めたが、次の瞬間には、いまさらこの老爺の首を斬って何になる、と力が抜けた。

一度迷うと人は斬れぬもので、間もなく関蔵は刀を鞘に納めた。寺田に助けられたこともあったが、何より彼の覚悟に諦めがついたのである。薄い憎しみがさらに薄らぎ、仇を憎むよりも過ぎ去った時を惜しまずにはいられなかった。

つくづく考えた末に関蔵は寺田を見逃すことにした。その場で斬れぬものが次に斬れるはずもないのだが、出会わなかったことにして別れたのである。そのとき寺田は丹後国宮津へ向かうと言い、関蔵はうなずいただけである。彼が跡を追わなかったことは、寺田もすぐに知り得たであろう。

関蔵はそのことを喜代にはこんなふうに語った。

「寺田の消息は四年前からまるで分からぬ、どこぞの山中で死に果てたものやら、生き延びておるものやら、丹波で見かけたのを最後に姿を消してしまった、三十年も追いかけていると不思議と相手の考えが分かるようになってな、およそどこへ逃げるつもりか見当がつくのだが、あのときばかりはどうにもならなかった」

「……」

「むろん探し回ったが、どこにもそれらしい気配がない、どうしてよいかわしは悩み抜いた、寺田が死んだものなら、わしは死ぬまで亡霊を追うことになる、ならばいっそのこと討ち果たしたことにしようと考えたのだ、事実、恨みはとうに果てていた」

仇のくれた焼き米を食したこと、みすみす逃がしたことを隠したのは、三十年も追いつ追われつした男の心情まではいまの喜代には分からぬだろうと考えたからで、けして武士の面目とやらのためではない。

恐怖から覚めやらぬのだろう、喜代は苦しげに声を絞《しぼ》り出した。

「ならば、なぜ四年も待たれました」

「仮に寺田が生きているとしても七十歳になる、国でも寺田を知るものはいなくなるだろうと考えた、しくじればわし一人の命では済まぬことゆえ……そしてひとつには、検視に使う死体を探さねばならなかった」

関蔵はいつか話して聞かせた願人坊がその役を引き受けてくれたと言った。

「お坊さまを斬ったのですか」

「死骸を斬った、御坊が役に立つのなら構わぬと申されたのだ……」

それは事実で、二人は昨年、丹波国福知山の郊外で出会った。そのとき願人坊は路傍の草むらにうずくまってい、たまさか通りかかった関蔵が介抱すると、しばらくして生気を取り戻した。ところが、聞けば死病を患っていてそう長くは生きられぬという。

関蔵は当時住んでいた村外れの空家へ連れて帰り、半月ほど看病したのち、思い切ってわけを話した。髭を剃ると容貌も年恰好も寺田と似ていたし、これこそ天の助けだと思った。

果たして願人坊はほかに礼のしようもないと言って引き受けてくれたのである。それから二人きりの暮らしがはじまり、関蔵は複雑な思いで看病に努めたが、一年足らずで死期が迫ると、願人坊はできるなら故郷の美作で死にたいと言い出し、二人は文字通り死出の旅に出たのである。願人坊が亡くなったのは、それから二月後だった。

どうにか無事に検視を終えたあと、関蔵は願い出て遺骨を引き取り、願人坊の故郷である真島郡の村を訪ね、そこの小さな寺に供養を頼んだ。そしてかわりにただの灰を詰めた木箱を持ち帰った。そうすることで自分自身に本意を遂げたと信じさせ、もしも遺骨の引き取りを断わった姪御のほかに寺田の縁者がいたら彼らにも信じさせようと思った。自分が信じなければ喜代にも見破られていただろう。

「御主君まで騙して……」

「うむ、しかしほかに手段《てだて》はなかった、だからこそ禄を食《は》んではならぬと思った、栄之助があのような男でなかったら帰参するつもりなどなかったのだ」

「只次郎のために帰参したのではないのですか」

「いや、違う、喜代によくしてくれた弥市どののため、ひいては喜代のため、おのれのためだ」

するとかすかながら喜代の顔に血の気が戻るのが見えた。女子として少しは納得のゆく理由が見つかったのか、さもなくば覚悟を決めたのかも知れない。

「これが、わしの見つけた最後の穴だよ……」

関蔵が呟くと、喜代は少し間を置いてから顔を上げた。険しい目付きだった。

「ならば、わたくしもご一緒させていただきます」

「よいのか」

「いまさらよいも悪いもございますまい」

喜代は関蔵を見上げて微かに笑ったが、それが安堵の笑みでないことは関蔵の目にも明らかだった。

（ついてゆくしかない）

と喜代は思う。何があろうとも関蔵は夫であり、引き返したところでどうにもならぬことも分かっている。只次郎や弥市のことを考えたなら、それこそ引き返すことなどできない。関蔵が戻らなければただ死を待つだけであったろうし、彼の言うところの穴が見つけられたことは嬉しい限りである。寺田金吾への恨みもとうの昔に消え失せている。

だが武家としての誇りをどうしたものか、灰塵《かいじん》のようにぽいと投げ捨てられるほど軽くはない。かといって恥辱を覚悟して戻り、それを打ち明けた夫の気持ちも分からぬではない。ひとたび仇討ちの旅に出れば生涯行方知れずとなるのが当たり前の中で、百に一つの運に賭けた関蔵であり、喜代にすればこの夫にしてこの妻と思うよりほかなかっただろう。

「では、参ろうか」

関蔵がさっと喜代の荷を持ったとき、この御方は武士を捨てたと喜代は思った。

「宿はもうじきゆえ、しっかりとな」

関蔵は左手で喜代の手を取り、ゆっくりと歩き出した。

（運がよければ助かる……）

朝の蛇のようにのろのろと歩きながら、喜代はそう言われたような気がした。

「江戸にたいそううまい芳飯屋《ほうはんや》があると聞いた、着いたら行ってみよう」

「………」

「大川の舟にも乗ってみよう」

「はい……」

だがそのときの喜代には、遠い山の稜線を照らしはじめた月に似て、それもこれも手の届かぬもののように思われた。ただ夫に手を引かれて歩くことが、ひどく心地よかった。

十

冬が来て、雪が降ると、表通りの広大な寺地はよけいにひっそりとして国の森を見るようだった。仙台堀の海辺橋《うみべばし》から油堀の富岡橋《とみおかばし》まで続く寺々の屋根や境内が白く包まれてしまうと、静かな木立からはときおり垂《しず》れの音が聞こえてくる。深川の萬年町《まんねんちょう》はちょうど二年前の冬に家作が許された新しい町で、同じころ江戸へ出た二人はそこへ住むことになった。元禄十三年の暮れのことである。

翌春には寺子屋を開業し、やがて喜代がはじめた仕立物の内職と合わせて暮らしは質素ながら立つようになった。江戸の水が合ったらしく、喜代は徐々にだが明るさを取り戻した。関蔵は手習いの指南のかたわら、寺子たちにその目で見てきた諸国のようすを話して聞かせた。すると子供たちは目を輝かせて、うっとりと聞き入る。その無垢な眼差しに支えられて関蔵は三十四年を少しずつ吐き出してきた。そうして丸二年が過ぎて、江戸で迎えた三度目の冬だった。

夜中に雪の気配を感じて静かな朝を思い描いていたところが、目覚めてみると賑やかな話し声がするばかりか、喜代はもう起きていて家の前の雪を退《の》けていた。雪は夜中のうちに止んだらしく、外には灰白《はいじろ》の薄日が差している。

「あの、お米を切らしてしまって……よろしければ洲崎《すさき》へ蕎麦切《そばきり》を食べに参りませんか」

関蔵が顔を洗いに立ってゆくと、喜代が戸口に立ち塞がって言った。

「蕎麦？　朝からか」

「はい、いけませんか……」

「米ならわしが買ってこよう」

「いいえ、お蕎麦が食べたいのです、弁財天のお蕎麦がおいしいと聞きましたので……」

「しかし、まだ店も開いておらんだろう、それに洲崎へ行っていたのでは子供たちの指南に遅れる」

「おたみさんに言って今日は休むと伝えてもらいます、ゆっくり歩いてゆけば着くころにはお店も開きます、お願いです、そういたしましょう」

喜代は珍しく強引で、外は寒いから洗顔は流しでするようにと言い、表戸を閉めると自分はそそくさと身支度をはじめた。

（朝から蕎麦切か……）

おかしなことを言うものだと思ったが、関蔵は言われた通りに流しで顔を洗った。そのとき流しの上の明かり取りから表通りの人声が聞こえてきた。耳を澄ますと、声は赤穂《あこう》の侍とか吉良《きら》さまとか言っているようだった。

（そうか、とうとうやったか……）

関蔵は我知らず深い溜息をついた。

昨年の春に播州《ばんしゆう》赤穂の藩主・浅野《あさの》長矩《ながのり》が殿中にて高家筆頭・吉良義央《よしなか》に刃傷に及び、即日切腹となった。その話を聞いたとき、関りはないとはいえ関蔵は改めて武門の血を問われたような気がした。その後、浪士となった浅野家の家来が主君の仇討ちをするらしいという噂が広まり、関蔵は半信半疑に聞いていたが、ついに本所一ツ目の吉良邸へ討入ったらしいのである。

（そうか、やったか……）

関蔵は胸の中で呟くと、またひとつ溜息をついた。仇の所在の知れた、集団による仇討ちとはいえ、僅か二年足らずのうちに本懐を遂げたのはやはり快挙だった。その間の浪士の辛苦は関蔵には手に取るように分かるし、仇の身分や討手の人数が仇討ちの成否を決めるものではないことも分かっている。だが三十四年もかけて足軽ひとり討てずに帰郷した男にとって、彼らの快挙を聞くのは決して楽しいことではなかった。

ざっと身支度をして家を出ると、外は冷えていたが、三々五々、人々が集まってきている。

「弁財天のお蕎麦は本当においしいそうです、きっとお年寄りがいらっしゃるのですわ」

通りのそこかしこにできた人の輪から関蔵の注意を遠ざけるように、喜代が言った。店といっても参拝客相手の小さな茶屋だが、冬でも冷たい笊《ざる》蕎麦が名物らしい。喜代は誰から聞いたものか、道すがら蘊蓄《うんちく》を披露した。

それによると、たとえ同じ畑でとれた実を使っても蕎麦というのは年寄りが打ったもののほうがうまい。雑念がない分、余計な力も入らぬとかで打ち加減がよくなるらしい。ただし量が出せぬので大きな商いには向かぬという。つまり、うまい蕎麦を食べるなら年寄りのいる小さな店を選び、品切れの憂《う》き目にあわぬよう早目に出向くのがよいのだそうである。

「さようか……」

と関蔵は言った。洲崎は深川の南端にあって、萬年町から見ると討入りのあった本所とは逆の方角になる。喜代も変わったものだと思いながら、関蔵は苦笑した。いつぞや丹波の山中でのことをありのままに打ち明けてからというもの、喜代との間にわだかまりはない。といっても互いに一抹の不安のようなものはあって、それで喜代は誘い出したのだろうと思った。

「聞いておられるのですか、本当においしいのですよ」

「聞いておる、聞いておる、蕎麦はわしのような年寄りによいのであろう」

「そうではございませぬ、お年寄りの打つお蕎麦がおいしいと……」

「さようか、では蕎麦のうまい食べ方を知っておるか」

「は？」

「まずは五十と少し歳を重ねる、六十でもよい、それから冬の騒々しい朝を選び、物分かりのよい女房どのと連れ立って……」

関蔵の戯れに喜代はこのところ少しふっくらとしてきた頬を染めた。道行く者の目にはあるいはだらしなく、あるいは妙に仲のよい老夫婦と映ったことだろう、

「ほら、こんなに潮の香がいたします、じきに洲崎原ですわ」

はしゃいだ喜代が関蔵の手を引き、関蔵は引かれるままに身を任せた。その表情にはかつて仇を追いながら何かに追われるようにして生きてきた男の暗い面影も気負いもない。むし

ろ日毎に色を濃くしてゆくのは、久しく身につけていた甲冑を外したときのような安堵であり、再びつけることもあるまいという静かな自信だった。

無腰のたっつけ姿と小袖の二人だが、雪解けの泥濘《ぬかる》む道をゆく足取りはしっかりとしている。海沿いに洲崎原も半ばを過ぎると、行く手に迫る弁財天の杜《もり》から潮気を割って松が香り、江戸湾の沖は晴れてすがすがしい。

（この春はここへ潮干狩りに来よう……たくさん採って煮染《にし》めて、栄之助にも送ってやろう……）

弁財天の門前で立ち止まり、冬凪《ふゆなぎ》の海にゆらめく陽光を眺めながら、関蔵はふとそんなことを思った。もはや武士として大事を成し遂げることもないかわり、おのれの大事を見失うこともない。あれからすでに二年、こののち幾度冬を迎えるにしろ、もう惑うこともないらしいのである。

「お店は別当《べっとう》の境内にあるそうです」

弁財天社の境内で行きずりの娘に訊ねた喜代は、息を弾ませて戻ると、袂《たもと》から手拭いを取り出して額の汗を拭った。久し振りに道を急いだせいで、洲崎へ差しかかるころにはうっすらと汗をかいていたのである。それにしてもつい先刻までの寒さが嘘のように、あたりは春めいて澄んだ日の光に包まれている。

関蔵が口元に笑みを浮かべて喜代が汗を拭うのを待っていると、

「さあ、参りましょう」

とややあって喜代が言った。

「冷たいお蕎麦しかないそうですが、この陽気ですから……」

ようやく人心地がついたらしく、喜代は関蔵の眼を見つめてもうひとこと付け加えた。

「雪ももう降らぬようでございます、すっかり解けてしまいました」

解説

縄田一男

乙川優三郎作品の巧緻繊細な情景描写は既に定評のあるところだが、作者自身は、小説に描かれている自然について、自分が生まれ育った千葉の、それも昭和三十年代末頃までのそれが原風景となっている、と断った上で、次のように述べている。

すなわち、

基本的には農村と漁村です。高い山もありません。椿山（作品集『椿山』文春文庫参照のこと）は実際小学校の頃よく遊んだ場所で、防風林だから高いわけではない。ただ幹が二メートル以上ある椿が五、六十本並んでいましたから、子供にとっては十分山なわけです。田んぼより畑が多くて、まだ舗装道路も少なかった。土の上を歩いたり、畑に手を突っ込んだりした経験が、時代小説を書く上で大きな助けとなっていることは確かです。

（インタビュー・構成／「本の話」編集部「時代小説の原風景」）

そして、ここからが肝心なところなのだが、更に乙川優三郎は「今地図で見ると千葉の海岸線はほとんどが四角い埋立地です。私が小さい頃は干潟しかありませんでした。もう二度と見られない景色を書きたいという欲求が私の中にあるのかもしれません」（傍点引用者）と続けているのだ。

このもう二度と見られない景色＝今では失われてしまった自然の描写は、作中で登場人物の心象風景と重なりあって、更にもう一つの美しいもの、過去の封建の掟の中で、だからこそかえって人としての矜持を保ちつつ懸命に生き抜いた人々の心栄えをも見事に映し出すのではないのか。

本書『屋烏』は、平成十一年二月、講談社から刊行された一巻だが、表題作「屋烏」におけるヒロイン小松原揺枝と宮田与四郎が、心を交い合わせるきっかけとなる海神山附近の描写等はその好例というべきであろう。ここは、一種、人の心を浄化させる異空間として描かれており、作品のラストで揺枝がいう台詞にあるように、あたかも二人の運命を司るが如く、幸福へと導いていくことになるのである。藩内の抗争で父を斬殺され、父に先立つこと五年、他界した母の代わりに弟の面倒を見、家禄を取り戻し、妻帯させるまで育てていった揺枝——故に彼女は、今ではすっかり、行き遅れてしまい、自分を家の厄介者であると思い込んでいる。一方、与四郎は、前述の抗争の際、現家老の命を救ったと目されつつも、何ら功を報いられることなく、ために粗暴な振舞いの噂の絶えぬ人物。しかしながら揺枝は、刺客と斬り結んだ際の刀痕も生々しい与四郎の人となりを「あの御方も無責任な人の噂に追い回されているのではないだろうか」と見抜いてしまう眼力の持ち主として描かれている。揺枝のこうした人を見る眼は、「松の行かずどの」として自分を噂する世間と己れ自身との距離をはかる、という、半ば嘆息にも似たあきらめの中で培われたものだと思われる。だが、実のところ、作中に明確に描かれてはいないが、それと似たことは与四郎の側でも行われていたのではあるまいか。

再び藩内に抗争の火種がくすぶりはじめた時、家老の命でその根を断ったのは与四郎であり、そこではじめて揺枝は「世間には無駄飯食いの厄介ものとして白い目で見られながら、実は誰よりも御家のために働いていたのだった。／(あの御方は……)／自ら御家の屋烏と化してご家老さまを守っていたのだ」と、自分の直感が正しかったことを確信する。屋烏とは本来、屋根にとまった烏のことを指す。が、ここでは、家を守るもの、転じて愛情が深いことのたとえにも用いられるが、このくだりは、翻って考えれば、意識する、しないにかかわらず、揺枝が与四郎を通して己れ自身を発見している、つまりは、小松原家を守り抜いた「屋烏」としての自らの誇りある人生の確認だったのではあるまいか。そして恐らくは、与四郎も、揺枝のそうした真摯な生き方の中に己れ自身の苦衷を見出し、励まされていたに違いないのである。とすれば、このような二人が、惚れたはれたのと一言もいい交すことなく、互いを生涯の伴侶と認めるのは至極当然のことといえるのではないのか。

乙川優三郎の筆は省略された書かれざる部分においても、こうした人の心栄えの美しさを見事に描いているのである。そして、図らずも揺枝の「(あの御方は……)／自ら御家の屋鳥と化してご家老さまを」という一言が、藩の、そして、揺枝や与四郎が懸命になって支えた小松原、宮田両家の浮沈の帰趨を示していることからも分かるように、本書に収められている諸作のテーマは、ズバリ、武家を通して〈家〉のあり方を問うことではなかったのか。それも、ここで問われているのは制度としての家ではない、人と人が愛情を確認し合う、お互いの生命を育てていく場としての家である。登場する人物が夫婦の場合もあろう、義理の関係の場合もあろう、或いは叔父と姪の場合もあろう――しかしながら、彼らが武家という封建の制度下でも最も制約が多い、逆にいえばだからこそ社会の頂点に立つことが出来た矛盾に満ちた階層に属していたが故に、このテーマはくっきりと浮かび上って来るのである。

例えば巻頭の一作「禿松」にもそのことは端的に示されていよう。この作品で表題作の〝屋烏〟に匹敵する言葉をさがせば、それは、主人公奥田智之助が、主人に無残なかたちで裏切られた初に向って「組屋敷の松を覚えていますか」「厩の脇にあった松です。いまではだいぶ大きくなって、よく尾長や野鳩が止まっています」という箇所であろう。しかしながら、彼はこの後に「この禿松にも、ときには懐かしい小鳥が羽を休めにきます。しかし残念なことに……残念なことには、こう葉が薄くては雨宿りもさせてやれません」と続けているのである。禿松とは薄くなりはじめた智之助の頭のことを指すが、かつては愛しあったことのある二人である――「残念なことに」という言葉の繰り返しには、とせと結婚した後もひそかに初を慕い続けていた自分自身にきっぱりと見切りをつける思いが働いているのであろう。それは、つまるところ、己れの性急さ故に一人の女を不幸にしてしまった、だから更に今一人の女をも不幸にすることは出来ない、という妻とせに対する愛情の確認というべきものではないのか。成程、とせは一見、読者に悪い印象を与える女として登場して来る。しかしながら、作者は実に用意周到にとせの本当の性というものを描き込んでいるのである。いわく、「よく見ると優しい顔立ちであるのに」、いわく、「結果としてそれが、身の負い目を隠す唯一の蓑となり」、或いは「心の底ではありがたく思っているはずだった」(傍点引用者)等々。が、愛情を素直に表現出来ないのは智之助も同様なのである。だが、ぎりぎりのところで夫婦の切所を乗り越えたであろう二人にとって、奥田の家はこれからは血の通ったものに変わるはずなのだ。

そのようになれば、この作品の中で、いささかの険を持って交された言葉、「主といっても、米櫃の底が見えるような家だからな」と「底を突いたことがございますでしょうか」は、互いを知り尽くした夫婦の醍醐味の中で笑いとユーモアをもって語られることになるのである。例えば、巻末の書下し作品「穴惑い」における、三十四年にわたる仇討ちの旅から帰って来た上遠野関蔵と彼を疑うことなく待ち続けた喜代夫婦の「ところで、池の鯉はどうした」「申しわけございません、五年ほど前に食べてしまいました」という会話のように。確かに二人は大変な歳月を過ごして来た。「けれども短ければ残り五年、長くとも十年をどう生きるかで一生が決まる」と、その歳月を取り戻す術を知っている人は幸せである。仇討ちは武士道の華というが、討てればよし、さもなくば、その内実は悲惨なものであり、父久作が斬られた原因も致し方のない封建の掟に依っている。作者はその仇討ちの悲惨さを前面に押し出すのではなく、上遠野の家を最も良いかたちで存続させるべく、敢えて決然たる処置を行った関蔵の姿を通してそのことを訴えているのである。そして、今、記した封建の致し方のない掟に関しても、「あの者、伯父上の意を解したでしょうか」という養子只次郎の言葉に対して関蔵は「どうかな、分かるものには分かるであろう」と答えるのみ。そしてただ一点のくもりもない、やるべきことをやるしかないのである。恐らくはそのためらいのなさが妻喜代にとっては「『なにやら旦那さまはわたくしの倍も息をしているようで……』／少し恐いのです」ということになるのだが、これからは関蔵もきっと喜代と同じようにゆっくりと息をしていくことが出来るに違いない。

そして残りの二篇、「竹の春」と「病葉」は、前者が幕末における勤皇思想、後者が現代にも通じる介護の問題を通して、各々主人公の心情がヒロインの側へと越境していくさまを描いたもの、ということが出来よう。「竹の春」においてそれは、与五六の家父長制度の権化のような兄本左衛門からの脱出を意味し、「病葉」においては、自分の身体を投げ出してまで父の薬を得ていたわずか三歳年上の継母千津の真実に対する多一郎の開眼、いや、世間というもの全体に対する開眼であるといえるだろう。

そして、これらの作品ことごとくに表われているのは、家というものを制度としてではなく、血の通ったものとして再生しようと腐心した主人公たちの、自分の生き方は間違ってはいなかった、という確信にも似た思いではないのか。誇らし気にそれを実感出来る者もいれば、今ようやくその端緒についたばかりの者もいる。だが、彼らは一様に、冒頭で引き合いに出したインタビューの「現代社会は人の幸福をその人が持っている物ではかることが多いように思います。そうではない価値観を時代小説の中で描いていきたいと考えています」という作者の言葉そのままに、私たちがついこのあいだまで持っていた、しかしながら、一見、失われたかに見える価値観の中で晴れやかにほほえんでいるように見えてしかたがないのである。そのほほえみを見たいがために、私たちは乙川優三郎の作品を手に取るのだ——私にはそう思えてならないのだ。

初出一覧

禿　松　「小説現代」一九九七年七月号
屋　烏　「小説現代」一九九七年十月号
竹の春　「小説現代」一九九八年八月号
病　葉　「小説現代」一九九八年十二月号
穴惑い　書下ろし

本書は一九九九年二月、小社より単行本として刊行されました。

|著者|乙川優三郎　1953年東京都生まれ。千葉県立国府台高校卒業後、国内外のホテルに勤務。1996年「藪燕」でオール讀物新人賞受賞、1997年、『霧の橋』（講談社文庫）で第7回時代小説大賞受賞。1998年には『喜知次』（講談社文庫）が直木賞候補となる。2001年、『五年の梅』（新潮社）で第14回山本周五郎賞受賞。著書に『椿山』（文藝春秋）などがある。

屋烏《おくう》

乙川優三郎《おとかわゆうざぶろう》

2002年2月15日第1刷発行
2002年3月1日第2刷発行

発行者——野間佐和子
発行所——株式会社 講談社
東京都文京区音羽2-12-21　〒112-8001
電話 出版部 (03) 5395-3510
販売部 (03) 5395-5817
業務部 (03) 5395-3615

Printed in Japan

講談社文庫
定価はカバーに
表示してあります

デザイン—菊地信義
製版——大日本印刷株式会社
印刷——豊国印刷株式会社
製本——株式会社千曲堂

落丁本・乱丁本は小社書籍業務部あてにお送りください。送料は小社負担にてお取替えします。なお、この本の内容についてのお問い合わせは文庫出版部あてにお願いいたします。(庫)

ISBN4-06-273378-1

講談社文庫刊行の辞

二十一世紀の到来を目睫に望みながら、われわれはいま、人類史上かつて例を見ない巨大な転換期をむかえようとしている。

世界も、日本も、激動の予兆に対する期待とおののきを内に蔵して、未知の時代に歩み入ろうとしている。このときにあたり、創業の人野間清治の「ナショナル・エデュケイター」への志を現代に甦らせようと意図して、われわれはここに古今の文芸作品はいうまでもなく、ひろく人文・社会・自然の諸科学から東西の名著を網羅する、新しい綜合文庫の発刊を決意した。

激動の転換期はまた断絶の時代である。われわれは戦後二十五年間の出版文化のありかたへの深い反省をこめて、この断絶の時代にあえて人間的な持続を求めようとする。いたずらに浮薄な商業主義のあだ花を追い求めることなく、長期にわたって良書に生命をあたえようとつとめるところにしか、今後の出版文化の真の繁栄はあり得ないと信じるからである。

同時にわれわれはこの綜合文庫の刊行を通じて、人文・社会・自然の諸科学が、結局人間の学にほかならないことを立証しようと願っている。かつて知識とは、「汝自身を知る」ことにつきていた。現代社会の瑣末な情報の氾濫のなかから、力強い知識の源泉を掘り起し、技術文明のただなかに、生きた人間の姿を復活させること。それこそわれわれの切なる希求である。

われわれは権威に盲従せず、俗流に媚びることなく、渾然一体となって日本の「草の根」をかたちづくる若く新しい世代の人々に、心をこめてこの新しい綜合文庫をおくり届けたい。それは知識の泉であるとともに感受性のふるさとであり、もっとも有機的に組織され、社会に開かれた万人のための大学をめざしている。大方の支援と協力を衷心より切望してやまない。

一九七一年七月

野間省一

大沢在昌　涙はふくな、凍るまで
逢坂　剛　コルドバの女豹
逢坂　剛　スペイン灼熱の午後
逢坂　剛　カディスの赤い星(上)(下)
逢坂　剛　十字路に立つ女
逢坂　剛　斜影はるかな国
逢坂　剛　ハポン追跡
逢坂　剛　まりえの客
逢坂　剛　さまざまな旅〈わたしの好きな本・スペイン・西部劇〉
逢坂　剛　書物の旅
逢坂　剛　あでやかな落日
逢坂　剛　カプグラの悪夢
オノ・ヨーコ　飯村隆彦編　ただの私《あたし》
オノ・ヨーコ　南風　椎訳　グレープフルーツ・ジュース
大泉実成　東京サイテー生活〈家賃月2万円以下の人々〉
大泉実成　夢を操る〈マレー・セノイ族に会いに行く〉
折原　一　倒錯のロンド
折原　一　螺旋館の殺人
折原　一　丹波家殺人事件

折原　一　仮面劇MASQUE
折原　一　灰色の仮面
折原　一　覆面作家
折原　一　水の殺人者
折原　一　黒衣の女
折原　一　ファンレター
折原　一　倒錯の死角〈201号室の女〉
折原　一　101号室の女
折原　一　新津きよみ　二重生活
大下英治　梟商〈小佐野賢治の昭和戦国史〉
大下英治　一を以って貫く〈人間　小沢一郎〉
大下英治　激録！総理への道〈戦後宰相列伝　田中角栄から森喜朗まで〉
大橋巨泉　出発点
太田忠司　僕の殺人
太田忠司　美奈の殺人
太田忠司　昨日の殺人
太田忠司　刑事失格
太田忠司　新宿少年探偵団
太田忠司　怪人大鴉博士〈新宿少年探偵団〉

太田忠司　摩天楼の悪夢〈新宿少年探偵団〉
奥田哲也　絵の中の殺人
岡部まり　片想いにさようなら
おおつきちひろ　スペインの食卓から
大竹昭子　バリの魂、バリの夢
大久保智弘　水の砦〈福島正則最後の闘い〉
尾崎秀樹編　徹底検証〈忠臣蔵〉の謎
小川洋子　密やかな結晶
小野不由美　月の影　影の海(上)(下)〈十二国記〉
小野不由美　風の海　迷宮の岸〈十二国記〉
小野不由美　東の海神《わだつみ》　西の滄海〈十二国記〉
小野不由美　風の万里　黎明の空(上)(下)〈十二国記〉
小野不由美　図南の翼〈十二国記〉
小野不由美　黄昏の岸　暁の天〈十二国記〉
小野不由美　華《か》胥《しょ》の幽夢《ゆめ》〈十二国記〉
乙川優三郎　霧の橋
乙川優三郎　喜知次
奥田英朗　ウランバーナの森
乙武洋匡　五体不満足〈完全版〉

小野一光　セックス・ワーカー〈女たちの「東京」二重生活〉
恩田　陸　三月は深き紅の淵を
海音寺潮五郎　孫子
勝目　梓　悪女軍団
勝目　梓　殺し屋
勝目　梓　肉狩り
勝目　梓　引き裂かれた夏
勝目　梓　炸裂
勝目　梓　はみだし者
勝目　梓　女豹たちの宴
勝目　梓　狼たちの宴
勝目　梓　禁断の宴
勝目　梓　15年目の処刑
勝目　梓　火刑の朝
勝目　梓　わが胸に冥《くら》き海あり
勝目　梓　蒼い牙
勝目　梓　淫夜
勝目　梓　濡れる殺意
勝目　梓　逃亡

勝目　梓　あやしい叢《くさむら》
勝目　梓　滴《したた》り
勝目　梓　歯科医
勝目　梓　耽溺
勝目　梓　暗黒の狩人
勝目　梓　悪党図鑑
勝目　梓　闇に光る肌
勝目　梓　処刑猟区
勝目　梓　獣たちの熱い眠り
勝目　梓　昏《くら》き処刑台
勝目　梓　眠れない
勝目　梓　処刑
勝目　梓　生《いけ》贄《にえ》
勝目　梓　幻花祭
勝目　梓　けもの道に罠を張れ
勝目　梓　あられもなく
勝目　梓　復讐回廊
勝目　梓　剥《は》がし屋
鎌田　慧　自動車絶望工場〈ある季節工の日記〉

鎌田　慧　日本の兵器工場
鎌田　慧　教育工場の子どもたち
鎌田　慧　アジア絶望工場
鎌田　慧　「東大経済卒」の十八年
鎌田　慧　トヨタと日産〈自動車王国の暗闇〉
鎌田　慧　反骨〈鈴木東民の生涯〉
鎌田　慧　ルポ権力者 その素顔
鎌田　慧　ルポ大事故！その傷痕
鎌田　慧　六ヶ所村の記録〈核燃料サイクル基地の素顔〉
鎌田　慧　いじめ社会の子どもたち
鎌田　慧　壊滅日本〈17の致命傷〉
桂　米朝　米朝ばなし〈上方落語地図〉
門田泰明　暗闇館《くらやみやかた》
河原敏明　美智子さまのおことば〈愛の喜び・苦悩の日々〉
加藤　仁　人生を楽しむ〈50歳からがゴールを決める〉
川田弥一郎　白く長い廊下
川田弥一郎　白い狂気の島
川田弥一郎　死の人工呼吸
加来耕三　〈三国志の謎〉徹底検証〈諸葛孔明の真実〉

2001年12月15日現在